U0946014

冰箱里的灯

〔美〕苏珊娜·凯森 著

黄渭然 译

南海出版公司

新经典文化股份有限公司
www.readinglife.com
出　品

给英格利和桑福德

病 历

1. 医疗机构 麦克林恩精神病院		2. 姓 名 中间名缩写 凯森 苏珊娜 N.	3. 登记号码	
4. 入院意向 自愿		5. 入院地址 马萨诸塞州剑桥市温德尔街 64 号	6. 入院日期 1967 年 4 月 27 日	
7. A B 日期		8. 近期地址 同上	9. 性别 女	10. 肤色 白
11. 外籍居民登记号码	12. 常用地址 居留时间 1966 年 9 月起	13. 常用地址 新泽西州普林斯顿市 ■■■ 路	14. 宗教 犹太教	15. 婚姻状况 未婚
16. A 如于境外出生，入境港口 B 日期		17. A 出生市 / 镇 B 出生州 波士顿 马萨诸塞州	18. 出生日期 1948 年 11 月 11 日 / 现年 18 岁	
19. A 如属外国公民入籍，入籍地点 B 日期		20. A 父亲姓名 B 父亲出生地点 卡尔 · 凯森 宾夕法尼亚州，费城	21. 是否在美国服兵役	
22. 文化程度 高中毕业		23. A 母亲姓名 安妮特 · 诺伊特拉 B 母亲出生地点 宾夕法尼亚州，费城	24. 社保编号 未知	
25. 患者职业 无		26. A 紧急联系人 B 与患者的关系 卡尔 · 凯森夫妇 父母 C 联系地址 D 电话 -AC609- 新泽西州普林斯顿市 ■■■ 路 办公地址：普林斯顿高等研究院（主管）AC609		
27. 患者父亲职业（未成年患者填写）				
28. 患者母亲职业（未成年患者填写）		29. A 紧急联系人 B 与患者的关系 桑福德 · 吉福德夫妇 朋友 C 联系地址 D 电话 Un- 马萨诸塞州剑桥市		
30. 入院诊断 1. 精神神经症性抑郁反应。 2. 人格类型困扰，多形态。R/O 精神分裂症未分化型。		31. A 紧急联系人 B 与患者的关系 C 联系地址 D 电话		
32. A 当前诊断 精神障碍边缘型人格障碍 B 专业描述		33. 当前诊断，其他情况		
34. 因精神障碍类疾病入院治疗既往史 A 医疗机构名称 B 地址 C 月 D 年 到 E 月 F 年 无				
35. 因其他疾病入院治疗既往史 A 医疗机构名称 B 地址 C 年 D 病因 奥本山医院 马萨诸塞州剑桥市 1965 （洗胃）				

平行世界的样貌

人们会问，你是怎么进去的？他们真正想知道的，是自己最终是否也会被送到那里。我无法回答他们真正想知道的问题。我只能告诉他们，被送到那里很容易。

而且你也很容易溜进一个平行世界。平行世界有很多种：疯狂的世界，犯罪的世界，残破的世界，濒死的世界。甚至还有死后的世界。这些平行世界与日常世界并行而相似，并不被包含在其中。

我的室友乔治娜进入这里的过程可谓既迅速又彻底。那时她还是瓦萨学院三年级的学生。她正坐在剧院里看电影，忽然感到一阵黑暗像高高掀起的巨浪当头袭来，打得她脑袋晕眩几欲炸裂。她的世界在那几分钟里崩塌了。她知道自己疯了。她四下看了看，想知道剧院里有没有其他人和她一样遇袭，然而他们都还沉浸在电影的情节里。剧院里的黑暗和她脑海中的黑暗纠缠到一起，让人觉得愈发沉重压抑，她忍无可忍，冲了出去。

后来呢？我问她。

大片大片的黑暗。她说。

大多数人渐渐淡忘了平行世界，只是在这个世界和那个世界之间的隔膜上留下许多探索的孔洞，直到有一天两个世界之间的大门被打开。大门一旦打开，谁又能招架得住呢？

在平行世界中，我们熟悉的物理法则是无效的。向上抛的东西不一定会落下来，一动不动的身体并不会真的静止不动，并不是所有动作都能激起我们预期的反作用力。时间也不例外，变得殊为不同。它可能循环，可能倒流，可能毫不连贯地从此时跳跃到彼时。构成世间万物的各种分子排列也不再固定，可以随意变换：一张桌子可以变成一座钟，或一张脸，或一朵花。

不过，这些你会慢慢发现的。

平行世界还有一个奇异之处，它对于我们日常生活的世界是隐形的，但当你身处平行世界时，却能够清晰地看到你来的世界。你来的那个世界，有时候看起来庞大而危险，像一大块果冻在颤抖；有时候，看起来小巧诱人，在自己的轨道上快速转动，闪闪发光。不论你来的那个世界看上去如何，你都低估了它。

正如恶魔岛监狱的每个窗口，都能看到对岸的旧金山。

出租车

“你长了颗青春痘。”医生说。

我本希望没人会注意到。

“你把它挑破了。”他没完没了。

那天早上我很早醒来，就是为了完成这个任务。那颗痘痘已经到了迫切盼望乃至急切乞求被挑破的地步。它渴望解放。挤破白点让它得到释放，挤压它直到流出血来，使我有种成就感。为了这颗青春痘，我做了所有能做的事。

“你自己动手把它挑破的。”医生穷追不舍。

我点了点头。既然在我承认之前他打算一直唠叨这事儿，那我就点了点头。

“有男朋友吗？”他问。

我又点了点头。

“和男朋友吵架了？”这次不是提问，他冲我点了点头。“你自己动手把它挑破的。”他重复了一遍。忽然，他从桌子后面跳出，朝我扑来。他看起来又胖又壮，身上的肉十分紧实，臃肿的肚子硬挺着，皮肤黝黑。

“你需要休息。”他宣称。

我的确需要休息，尤其是从我必须早起来看这个医生的那一刻起。他住在郊区，我得换两趟火车才能到达。结束后我还要回城里打工。光是想到这一切我都觉得累。

“你不这么认为吗？”他还站在我面前，“你不觉得自己需要休息吗？”

“是的，我需要休息。”我说。

他大步走去隔壁房间。我听到他在那里打电话。

我一遍遍想象接下来的十分钟会发生什么，这次治疗的最后十分钟。一瞬间，我的心底升起一股冲动，想站起来，走出那道我之前走进的门，走过几个街区，到车站搭回程的火车，任由火车把我带回到那个让我头疼的男朋友身边，带回到厨具商店的工作岗位上。但我真的太累了。

他昂首阔步地回到房间，看上去很忙碌却对自己相当满意。

“我给你安排了一张床位，”他说，“你能休息一下。就待两周，好吗？”他的语气听起来像在安抚，又像在恳求。但我觉得害怕。

“我星期五就过去。”我说。今天是星期二，也许到了星期五我就不想去了。

他弯下腰看着我，圆实的肚子几乎贴在我身上：“不，你现在就去。”

这太不合理了。“我午餐时还有个约会。”我说。

“忘了它。”他说，“你不会去吃午餐，你要进医院。”他看上去得意扬扬。

清晨八点之前的郊区非常安静。我和他一时之间无话可说。我听见一辆出租车停在了诊所的车道上。

他抓住我的肘弯——更像是用肥壮的手指夹起我的胳膊——把我拖了出来。他一边拽着我的胳膊，一边拉开出租车的后门把我塞进去。我刚坐稳，他的大脑袋一个没刹住也跟着探进后座。然后他砰地关上了门。

司机将车窗摇下一半。

“去哪儿？”

在这个冷飕飕的早晨，医生没穿外套，撑着两条强壮的腿站在车道上，伸出一根手指指向我。

“送她去麦克林恩。”他吩咐道，“到之前别让她跑了。”

我仰头靠在后座靠背上，闭上了眼睛。我有些庆幸自己上了一辆出租车，而不是去等火车。

麦克林恩精神病院：入院调查表

日期：4/27/67　　　　问询人：MA

患者：　　　　**推荐入院人：**

姓名：苏珊娜·凯森　　　　姓名：[涂黑]医生

地址：剑桥市温德尔街 64 号　　　　地址：

电话：　　　　电话：

年龄：18　　婚姻状况：　　子女人数：　　　　与患者的关系：

（如果是医生，请给出专业意见并说明是否跟进病例？精神神经症 / 否）

（说明：如果是患者家属送医，请在这里留下相关医生的姓名和联系方式；如果是医生送医，请在这里留下患者家属或朋友的姓名和联系方式。）

姓名：卡尔·凯森　　　　与患者的关系：父女

地址：普林斯顿市[涂黑]路

普林斯顿高等研究院 609921

电话：609921-[涂黑]

财务状况（含税）：年收入 50000 美元，资产 60000~70000 美元

如果患者入院： 预计到达日期：　　　　到达方式：

陪同人：独自　　　　病区：SB Ⅱ　　　　入院意向：自愿

病历登记号：[涂黑]

转诊原因：

需住院治疗三年　偶发性重度抑郁　生活越来越无规律，混乱　曾怀孕一次

之后：三年　[涂黑]　她不想回来

卡尔的女儿　四个月前从他身边逃走，住在剑桥市的公寓里

绝望

已接受过的精神科治疗： 地点：

类型：评估（ ）疗法（ ）其他（名称）　　　　日期：　　　　治疗师：

生理缺陷：　　　　药物过敏：　　　　自杀（√）暴力伤害（ ）逃跑（ ）

如需补充：（请简要说明；详细情况请另附纸张说明；请在此处签名）

如患者无须入院：（请简要说明原因；请在此处签名）

本表格于 1964 年 1 月 28 日修订 F-46

麦克林恩精神病院
内部备忘录

呈递：档案室　　　　　　　　　　　　　　　　　日期：1967 年 6 月 15 日

███████ 医生

呈递人：███████ 医生

治疗对象：苏珊娜・凯森

苏珊娜・凯森于 1967 年 4 月 27 日到我处就医；经我超过三小时的面谈估诊，我认为其应于麦克林恩精神病院进行住院治疗。

我这一决定是基于：

1. 该患者生活混乱，无计划无秩序，以至于近期出现进行性代偿功能障碍，及睡眠周期紊乱。
2. 严重抑郁，绝望，并伴有自杀念头。
3. 曾试图自杀。
4. 目前未施用任何疗法，亦未有治疗方案。该患者易沉浸于幻想中，正在逐渐脱离社会，自我孤立。

该患者曾接受 ███████ 医生的精神治疗。我尚无时间对她施用任何疗法，患者亦知我不会担任她的后续治疗师。

病因

此人（请从下列选项中选出一项）

1. 正走在一条危机四伏的路上，等他 / 她归来时，我们就能了解更多了。

2. 被 ____ 附体了。（请从下列选项中选出一项）

a) 神灵

b) 上帝（就是一位先知）

c) 某些恶灵、恶魔，或者魔鬼

d) 撒旦

3. 其实是个女巫。

4. 被 ____ 蛊惑了。（请从选项 2 的次级选项中选出一项）

5. 很坏，必须与人群隔离并受到惩罚。

6. 患病了，必须与人群隔离并以 ____ 治疗。（请从下列选项中选出一项）

a) 涤泻疗法和水蛭疗法

b) 子宫切除（如果此人有的话）

c) 电击大脑

d) 冰冻疗法，即用冰冷的被单紧裹其身体

e) 抗精神病药物氯丙嗪或三氟拉嗪

7. 患病了，必须花七年时间进行谈话治疗。

8. 因行为异常不容于社会。

9. 在疯子的世界里是个正常人。

10. 正走在一条危机四伏的路上，而他 / 她也许再也回不来了。

火

我们这里有个女孩曾企图自焚。她往自己身上浇了汽油。当时她还小，不会开车。我一直好奇她是怎么搞到汽油的。难道她去了邻居的车库，跟人家说她爸爸的汽车没油了？每次看到她，我都不由自主地开始琢磨这个问题。

我想当时她浇在身上的汽油大概有一些积在了锁骨窝里，聚成了两个小坑，以致她的两颊和肩颈烧伤最严重。厚厚的、微微突起的伤疤，顺着她的脖子，交替呈现出一条条浅粉和白色。伤疤又硬又宽，使她甚至不能扭头。如果她想要看向站在身边的人，就必须侧转整个上身。

疤痕组织毫无特点。它与皮肤完全不同。看着一块疤痕，你无法判断出伤者的年纪、病情，皮肤是否苍白，是否晒黑。它没有毛孔，没有汗毛，也没有皱纹。它就像一个沙发罩，罩住、掩盖着下面的一切。我们需要藏起某些东西，于是身体长出了疤痕。

女孩名叫波莉。在她计划着要烧死自己的那几天，或是那几个月里，这个名字一定让她觉得十分荒唐。不过，在幸存下来之后，这名字倒是很适合那个躲在沙发罩下的姑娘。她一直很快乐，也很友善，总是乐于安慰那些不快乐的人。她从不抱怨，总是愿意花时间去倾听别人的抱怨。在那粉白相间、密不透风的紧实罩壳的保护下，她是如此完美无缺。那股驱策了她的力量，在她那曾经娇美柔嫩而今伤痕累累的耳边，轻声低语“去死吧”，于是她祭献了自己的身体。

她为什么要这样做？没有人知道。也没有人敢问。因为这需要非常大的勇气！谁能有勇气烧死自己呢？二十片阿司匹林，沿着手臂静脉割开一道细长的口子，甚至站在楼顶度过糟糕的半小时……这些都是可供我们挑选的死法。或者再来点更刺激的，比如把枪口塞进嘴里。枪管堵住了嘴，你尝着枪口既冰冷又黏腻的滋味。你的手指扣在扳机上。当你准备扣动扳机时，你发现整个世界被夹在这个时刻和你计划这么做的那个时刻中间。这个世界让你挫败。于是你将这把枪放回抽屉。你得另找一种死法。

对她而言，那个时刻是什么样的呢？那个她划燃火柴的时刻。她是不是已经尝试了楼顶、手枪和阿司匹林？还是一时心血来潮？

我尝试过一次阿司匹林。那天早上醒来时，我便知道今天我得吞下五十片阿司匹林。那是我的任务，是我在那一天应尽的义务。我将阿司匹林在书桌上列成一排，一边数一边一片一片吃下去。但这跟她的方法不一样。我可以停下，停在吃了十片、三十片的时候。还可以像我做过的那样，走到外面，然后晕倒在大街上。五十片阿司匹林是不少，但走到外面并晕倒在大街上，就好比把枪放回了抽屉。

她划燃了火柴。

在哪儿？在自家车库里，那个她不想烧掉里面任何东西的车库？在外面的空地上？在学校的体育馆里？在一个放干了水的游泳池里？

有人救了她，但并不是很快。

谁愿意去亲吻一个她那样的人呢，一个没有皮肤的人？

她第一次冒出这样的想法时，已经十八岁了。她在这里和我们待了一年。这里的人怒吼、尖叫、哭泣、呼喊，波莉只是面带微笑地看着他们。她坐到惊恐慌乱的人身边，陪伴他们，让他们知道她就在那里，于是他们平静了下来。她的微笑里没有索取，只有理解。生活可憎如地狱，她都明白。不过，她的微笑是暗示着她曾烧毁了自己的一切。她的微笑有些高高在上：我们没有勇气烧毁自己的一切——她也理解这一点。每个人都不同，人不过是做自己能做的事而已。

一天早晨，有哭声传来。但早晨往往是嘈杂的，因为有人为起床而挣扎，有人因昨夜的噩梦喋喋不休。波莉总是很安静，她只是在那里，从不引人注目。那天早晨，没有人注意到她没来吃早餐。早餐过后，我们仍然听到哭声，不绝如缕。

“谁在哭？”

没有人知道。

午餐时，哭声依然没有停止。

“是波莉。”莉萨说，她总是知悉一切。

“为什么哭？”

但这次连莉萨也不知道为什么。

傍晚时分，哭声变成了尖叫。傍晚是一段危险的时光。她先是尖叫，“啊啊啊啊啊啊”，还有“呃呃呃呃呃”，然后开始叫出一些词。

“我的脸！我的脸！我的脸！”

我们还能听到有另一个声音让她安静，“嘘——”，并低声劝慰她，但她只是反复叫喊着那几个词，直到深夜。

莉萨说：“其实，我一直在等这一天，等了有些日子了。”

然后，我想我们都意识到了自己之前有多傻。

我们或许都有离开的一天，她却把自己永远禁锢在了那个身体里。

自由

莉萨又逃走了。我们很难过，因为她总能调动我们的情绪。她很有趣。莉萨啊！我每次想起她时都会不由自主地笑起来，就算现在也是。

糟糕的是，她每次逃走都会被抓回来，而且总是被人拖回来，每次回来都是满面尘灰，睁着一双见识过了自由的狂热的眼睛。她咒骂那些抓她回来的人，就连最严肃古板的老人都能被她起的绰号逗笑。

“奶酪猫！”另外，她还有一句经典的口头禅，“你这只精神分裂的蝙蝠！”

通常情况下，她逃走后一天之内就会被抓住。因为她身上没有钱，不能坐车，靠两条腿是走不远的。不过这一次她似乎很幸运，直到第三天，我才听到有人在护士站对着电话大吼：“APB。”——全境通缉。

莉萨的外貌很特别，并不难辨认。她平时很少吃东西，也几乎不睡觉，所以十分消瘦而且肤色蜡黄。人如果不吃饭，就会变成她那个样子。她的两只眼睛下面垂着硕大的眼袋，常常用一个银质发卡将黯淡无光的深色长发扣起来。另外，她还有十根我所见过的最为纤长的手指。

这一次，把她带回来的时候，他们的举止和她一样愤怒而暴烈。两个高大的男人架住她的手臂，第三个人抓住她的头发拉扯着，这让莉萨都快将眼珠挣扎出来了。但是没有人吵闹，包括莉萨。他们把她拽到了走廊尽头，在我们目睹之下，拽进了禁闭室。

我们目睹了很多事。

我们目睹了辛西娅从电击室哭着回来，一周一次。我们目睹了波莉被人用冰冻过的被单紧裹之后颤抖不止。我们目睹过的最让人难过的事情，便是莉萨在禁闭室被关了两天之后，再出来的情形。

他们一开始就剪掉了她的指甲，一直剪到指端的甲肉。她本来留着极为漂亮的指甲，那是她精心打造的：修形、磨滑、抛光。但他们说她的指甲是“利爪”。

他们还拿走了她的腰带。莉萨一直系着一根缀有廉价珠子的腰带，那种被拘在保留地内的印第安人自制的腰带。腰带是绿色的，上面有红色的三角形图案。那本是她哥哥乔纳斯的腰带，而乔纳斯是唯一还和她联络的家人。她的父母从不来看她，因为她是个有反社会倾向的孩子，莉萨是这么说的。他们拿走了那条腰带，她就无法上吊自杀了。

他们一点都不了解莉萨，莉萨绝对不会上吊自杀。

他们把她从禁闭室里放出来后，将腰带还给了她。她的指甲也渐渐长长。但她再也不是从前的莉萨了，只是整天和我们中最糟糕的人坐在一起看电视。

莉萨原本是不看电视的。她原本是鄙视那些看电视的人的。“都是胡扯！”她会猛地把头探进电视房，大声斥责，“你们已经像个机器人了，看电视只会让你们变得更糟糕。”她有时会直接关掉电视，挡在前面，看谁敢再把它打开。好在电视机的拥趸大多是得了紧张型精神分裂症和抑郁症的人，都懒得动。只需等五分钟,这是莉萨所能坚持的最长时间。她站不住了就会走开，去干点别的什么事。要是值班员正好经过，就会过去把电视重新打开。

莉萨在这里和我们一起待了两年多了，从没睡过觉。最后连护士也放弃了，不再催她上床。相反，莉萨在走廊里有一把属于自己的椅子，就像值夜班的管理人员似的。她就坐在椅子上，彻夜打磨她的指甲。她泡的热可可很好喝。凌晨三点钟时，她会泡一杯热可可给夜班值班员，如果有人正巧在这时起夜，也能喝到莉萨泡的热可可。在夜里，莉萨很安静。

有一次我问她：“莉萨，为什么你从不在夜里横冲直撞或是大喊大叫？”

“我也需要休息，”她说，“我只是不睡觉而已，并不意味着我不用休息。”

莉萨总是知道自己需要什么。她说："我需要离开这个地方，休个假。"然后就逃走了。等她回来时，我们都会围上去问她外面的世界是什么样子。

"那是一个苛刻的世界。"她这样说。这种时候，她看上去似乎对自己又回到这里感到满足。"在外面那个世界里，没有人会在意你。"

可是现在她什么都不说，整日缩在电视房里，盯着电视上的祈祷文，盯着电视信号测试图，一连好几个小时盯着深夜脱口秀，盯着早间新闻。走廊里她的专属椅子再也无人问津，也没有人再喝到她的热可可了。

"你们对莉萨做了什么？"我问一个值班员。

"我们不能和患者讨论治疗用药，你懂的。"

我问了护士长。在她当上护士长之前，我就认识她了。

但她表现得好像她一直是护士长一样。"我们不能同患者讨论，你懂的。"

"干吗还要问，"乔治娜说，"她都已经彻底高了。他们绝对喂她吃了什么药。"

辛西娅却不这么想。"她还能正常走路。"她说。

"我不能了。"波莉说。她的确不能。她的双臂直直地举在身前，粉一块白一块的手掌耷拉着挂在手腕上，双脚也只能在地上拖着。那些冰冷的被单并没有起作用，她还是通宵尖叫，直到他们灌她吃下某种药。

“大概还得等上一阵子吧，”我说，“他们开始治疗的时候你就能正常走路了。”

“可现在不能了。”波莉看着自己那双手说。

我问过莉萨他们是不是喂她吃了药，但她看都不看我一眼。

我们就这样过了一两个月。莉萨和紧张症们守在电视房里；波莉像个机械僵尸一样走来走去；辛西娅在被电击之后号哭不止（“我并不觉得难过，但我就是控制不住。”她有一次向我解释道）；而我和乔治娜住在我们的双人间里，被认为是这群人中最健康的两个。

春天来临的时候，莉萨可以在电视房之外待得稍微久一点了。准确地说，那稍微久一点的时间她待在了卫生间里，但这至少是一个改变。

我问值班员：“她在卫生间里做什么？”

她是一个新职员：“难道我要撞开卫生间的门看看吗？”

我对她做了我们对新人常做的事：“有人进去不到一分钟就把自己吊死在里面了！你以为你在哪儿工作？这里是寄宿学校吗？”然后我将脸凑近她。他们厌恶这种举动，他们讨厌触碰我们。

我注意到，莉萨每次去的都是不同的卫生间。我们这里有四个卫生间，她每天都轮着去。她的情况看起来并不好：她身上悬挂着腰带，比先前更蜡黄了。

“她像是得了痢疾。”我对乔治娜说。但乔治娜觉得她只是高了。

五月的一天，我们正在吃早餐，突然听到一记响亮的甩门声。然后莉萨出现在了厨房里。

“待会儿再看电视。”她说。她给自己倒了一大杯咖啡，正像之前一直做的那样，然后走到桌边坐下。她朝我们微笑，我们也报以微笑。“等着瞧吧。”她说。

我们听到奔跑的脚步声，还有杂乱的说话声。“这到底是怎么了……”“怎么会这样……”然后护士长来到了厨房。

“是你干的。”她对莉萨说。

我们走过去想看看是怎么回事。

她用卫生纸将所有的家具和设备缠裹了起来，其中一些家具里还藏着某些患有紧张症的人，电视机也被裹上了，就连天花板上的自动喷水灭火系统也都被裹上了。任何地方、任何东西上，都有大片大片的卫生纸，要么飘荡着，要么悬挂着，要么聚叠着，要么覆盖着。这景象实在太壮观了。

“看来她不是高了，”我对乔治娜说，“她是在密谋这一切。”

那个夏天过得很愉快，莉萨给我们讲了许多故事，都发生在她那三天的自由时光里。

人生的秘密

有一天，有人来探望我。护士进来叫我的时候，我正在电视房里看着莉萨盯着电视机。

“有人来探望你，”她说道，“一个男人。”

肯定不会是那个令人头疼的男朋友。首先，他已经不再是我男朋友了。一个被关在这里的人怎么可能有男朋友呢。就算还是我男朋友，他也无法忍受这种地方。他妈妈也曾在疯人院待过一段时间，此后哪怕只是回想起那段日子，他都无法忍受。

肯定不会是我爸，他很忙。

肯定不会是我的高中英语老师，他被学校开除了，已经搬到了北卡罗来纳州。

我得去看看是谁。

那个男人站在起居室的一扇窗前，望着窗外。长颈鹿似的瘦高个子，瘦削的肩膀。他的夹克的袖子似乎长度不够，两截手腕都露在外面。浅色的头发一根根挺立在他脑袋上，就像一轮日冕。

听到我进屋他便转过身来。

是吉姆·沃森。见到他我很开心。听说早在五十年代，他就参透了人生的秘密，而现在，他大概愿意直接将秘密告诉我。

“吉姆！”我叫道。

他轻飘飘地向我走来。每当他要跟人聊点什么，他就会像这样轻飘飘、摇摇晃晃、恍惚地走来，我一直很喜欢看他这个样子。

“你看上去不错。”他告诉我。

“不然你希望我变成什么样？”我问道。

他摇了摇头。

“这儿的人对你做了什么？”他压低了声音问我。

“没什么，”我说，“他们什么都没做。”

“这里很糟糕。”他说。

这片病区的起居室倒真是个相当糟糕的地方。巨大的房间里堆满了巨大的劣质塑料扶手椅。谁要是坐上去，它就会发出一阵像是放屁的刺耳声音。

“这里其实并没有那么糟。”我说。我只是习惯了这里，而他没有。

他又轻飘飘地走回那扇窗前，继续望向外面。过了一会儿，他抬起细长的手臂，招手示意我过去。

“看。”他指着某个方向让我看。

“看什么？”

“那个。”他指着一辆汽车。是一辆红色的跑车，没准儿还是辆名爵。“那是我的车。”他说。他得了个诺贝尔奖，大概是用奖金买了这辆车。

“真好，”我说，“相当棒。”

于是他又压低了声音。“我们可以离开。”他耳语道。

“嗯？”

“你跟我，我们离开这里。”

“你是说坐你的车离开？”我有些疑惑。难道这就是人生的秘密？逃跑就是人生的秘密吗？

“他们会把我抓回来。”我说。

“车很快。”他说，“绝对能带你离开这儿。”

那一瞬间我感到他在保护我。“谢谢，”我说，“谢谢你的提议。你真贴心。”

“你不想走吗？”他倾身斜倚向我，“我们可以去英国。”

“英国？”英国又没招谁惹谁。“我不去英国。”我说。

“你可以做个家庭教师。”他说。

我用了十秒钟，想象他提出的，另一种可能的生活。这种可能性始于我跟着吉姆·沃森钻进他那辆红色跑车，我们冲出医院，直奔机场。家庭教师的生涯太过渺茫。事实上，这整件事也太过渺茫。而堆满房间的塑料椅子、窗外的安保网屏，还有护理办公室门边的警报器，却无比清晰、无比真实。

“如今我在这儿没什么不好，吉姆，”我说，“我还是想待在这儿。”

“好吧。”他并没有表现出气恼的样子。他最后一次环视了整个房间，摇了摇头。

我在那扇窗前站了一会儿。几分钟后，我看见他坐进了红色跑车开着它离去了，留下一缕精力旺盛、生机勃勃的尾气。然后，我回到了电视房。

“嘿，莉萨。”我向她打招呼。她还在那里，让我觉得愉快。

“嗯。”莉萨应了一声。

那天我们窝在一起，看了很久的电视。

政治

我们都是从现实世界来到平行世界的。而在我们的平行世界里，会发生一些现实世界中尚未发生的事情。当这些事情最终在现实世界里发生时，我们会觉得似曾相识，好像早就在我们眼前演绎过一遍了。这就好比我们是一群进了城的乡下看客，从平行世界的纽黑文来到了现实世界的纽约。而在这里，纽约，历史将会重演，只不过它会换上一副眼镜。

若要举例，那就说说乔治娜的男朋友韦德，还有糖的故事吧。

他们是在食堂认识的。韦德皮肤黝黑，长得很帅，举止行事都是迅猛直接的美国式。暴烈的脾气更是使他魅力倍增、气魄加分。他对所有事情都能发脾气，而他的盛怒让他闪闪发光。对此，乔治娜的解读是，他老爸是一切问题的根源。

“他爸是个间谍。韦德意识到自己永远不可能比老爸更强硬粗暴，他就疯了。”

我对韦德老爸的兴趣远远超过对韦德自身问题的兴趣。

“我们这边的间谍吗？”我问。

“当然。”乔治娜说。但除此之外她就不再多说了。

韦德常常来我们房间，和乔治娜一起坐在地板上窃窃私语。这种时候，我都会自觉离开，让他们俩单独相处。我一直都挺自觉的。不过，有一天，我死皮赖脸地待在房间里，我想知道一些关于韦德老爸的事情。

韦德很喜欢聊他老爸。“他住在迈阿密，去古巴很方便。他带人入侵了古巴，徒手杀死了十几个人。他还知道是谁杀了总统。[①]”

“总统是他杀的吗？”我问。

“我觉得不是。”韦德说。

韦德的姓氏是巴克。

我得承认，我根本不相信韦德说的任何一个字。毕竟，他只是个年仅十七岁的暴力疯子，要两个高大壮实的男助手才能制伏。有好几次，他在自己的病区被关禁闭，关了整整一周。这种时候连乔治娜也没法进去看他。然后，他会平静下来，再次造访我们的房间，坐到我们的地板上。

韦德老爸的两个朋友对他影响很大：利迪和亨特。“这两个人什么事都干得出来！”韦德说。他经常这么说，而且看上去为此焦虑不已。

---

①指猪湾事件。

乔治娜不喜欢我缠着韦德打听他老爸的事情。我和他们一起坐在地板上的时候她总是不理我。可我就是忍不住。

“比如呢？”我问他，“他们会干出什么样的事情来？”

“我不能透露。”韦德说。

这次对话之后不久，他再次陷入暴力疯狂的模式，而这回持续了好几周。

没有韦德来访的日子里，乔治娜百无聊赖。我觉得自己应该为这种状况负一点责任，于是想出了很多消遣的办法。“我们重新把房间装饰一番吧。”我说，“我们来玩填字游戏吧。”或者，“我们下厨做点什么吧。”

下厨做点东西，这个提议吸引了乔治娜。“我们来熬焦糖吧。”她说。

我很惊讶，惊讶于我们两个人在厨房里就能熬焦糖。在我看来，熬制焦糖是个大规模且难搞的活儿，就像生产汽车一样，需要复杂的设备。

但是，对乔治娜而言，我们只要有糖和一口平底锅就可以了。“当砂糖被熬化，成为焦糖时，”她说，“我们就把熔化的糖浆倒在蜡纸上，让糖浆凝结成一个个的小糖球。”

护士们看见我们在厨房熬焦糖，觉得很可爱。“是在为你和韦德婚后的日子练习厨艺吗？”其中一个护士问道。

“我认为韦德不需要婚姻。”乔治娜说。

就算你没熬过焦糖，恐怕也能想象，要熔化成糖浆的砂糖有多烫。当那口平底锅一个打滑从我手中掉下去，一半的糖浆都洒在了乔治娜手上时，它就是那样滚烫。而乔治娜直接用手托着蜡纸，只是站在那里。

我吓得不停尖叫，但乔治娜一声不吭。护士们纷纷跑来，拿冰块儿的，拿烫伤膏的，拿绷带的。而我还是叫个不停，乔治娜则什么反应也没有。她静静地站着，伸出一只淋满了焦糖的手掌。

我记不清是E·霍华德·亨特还是G·戈登·利迪[①]说过，水门事件期间，某天晚上他将自己的手掌放在烛火之上，直到手掌被烧焦，以此表明自己能够经受住任何拷问和折磨。

不管这话到底是谁说的，我们都早已知道这一切了：猪湾事件、烤焦的手掌，还有什么事都干得出来的徒手就能打死人的杀人犯。所有这些事，我们都看过预演，我看过，韦德看过，乔治娜看过。还有一位护士也和我们一起看过，她写下了这样的评论："患者在面临紧急状况时缺乏应激反应。""患者持续幻想自己的父亲供职于美国中央情报局，与危险人物为友并与之共事。"

①二人皆为协助尼克松总统策划"水门事件"的关键人物。

你住在哪里，哪里便是你的家

黛西并非一直住在疯人院，是季节性地来。她每年感恩节时来到这里，一直住到圣诞节才离开。不过有几年，她也在五月、自己过生日的时候来过。

她总能住进单人间。“有谁愿意同别人合住，腾一间房吗？”每年十一月某一周的早晨，在例行的大厅集会上，护士长总会这样问我们。那是一个令人紧张的时刻。好在我和乔治娜已经合住了一间，免去了这一刻的困扰，乐得旁观他人的万般焦灼。

“我！我！”举手响应的是那位，火星人的女朋友，她像男人一样长着小鸡鸡，那是她不停炫耀也炫耀不够的东西。没有人愿意与她合住。

“我希望有人愿意不过当然没人愿意所以我也不愿意强迫谁愿意。”说话的是辛西娅，被电击了六个月之后，她讲话就变成这样了。

波莉挺身而出：“我去跟你住一间吧，辛西娅。”

但是这样依然没有解决问题。因为波莉也是与人合住的。她的室友是珍妮特，一个新来的厌食症患者。只要珍妮特的体重降到七十五磅以下，就会被强制喂食。

莉萨斜过身子对我说：“昨天我看见她上秤了，七十八磅。”她说得很大声，“这周末她就要被灌食了。”

“七十八磅是相当理想的体重。”珍妮特说。但就算是八十三磅或是七十九磅，她也会这么说的。没人愿意与珍妮特合住。

最后，两个紧张症患者被凑进了一个双人间。于是，在十一月十五日黛西到来之前，我们给她腾出了一个单人间。

黛西有两大嗜好：泻药和烤鸡。每天早晨，她都堵在护士站，用被烟草熏得脏兮兮的苍白手指不断敲着桌面，不耐烦地索要泻药。

“我要多库酯钠，”她哑着嗓子叨咕着，“我要酚酞片。”

要是谁站得离她近了些，她要么抬起手肘冲对方身侧一记猛击，要么上前踩对方一脚。黛西憎恶所有靠近她的人。

她那矮胖的父亲长得像个土豆。他每两周来探望她一次，给她带一整只她妈妈烤制的、用锡箔纸裹好的鸡。黛西会将那只烤鸡搁在腿上，隔着锡纸细细抚摸，间或抬眼扫视整个屋子。她盼着父亲快些离开，这样她就能好好享用这只烤鸡了。可黛西的父亲总是想尽可能地待久一点，因为他太爱黛西了。

莉萨对此做出了解读：“他无法相信自己生出了她。他想和她做爱，确认她是真实的。”

“可她臭烘烘的。”波莉有不同的意见。黛西身上有烤鸡和大便的味道，臭烘烘的是必然的。

“她并不总是臭烘烘的。”莉萨说。

我想莉萨是对的。因为我也注意到了：黛西很性感。尽管她臭臭的、凶巴巴的、哑着嗓子，还用手肘狠狠戳人，但她拥有一个我们都没有的闪光点。她喜欢只穿一条热裤和一件短背心，亮出细长结实的瓷白四肢。而她每天早晨慢悠悠地信步踱过长长的走廊去护士站索要泻药的路上，会漫不经心地用屁股画着半圆。

火星人的女朋友也爱上了她。她会在走廊里一路跟着她，轻声地对她吟唱：“想要看我的小鸡鸡吗？”每当这时黛西就会用嘶哑的嗓音对她说：“让你的烂鸡鸡吃屎去吧。”

没有人进过黛西的房间。莉萨决定去看看。为此她制订了一个计划。

“坏了坏了，我是便秘了吗？”她这样嚷嚷了三天。第四天，她从护士长那里要到了一些酚酞片。“啊，不见效啊。”第五天早晨她这样反应，“还有更厉害的吗？”

“给你灌灌蓖麻油怎么样？”护士长问。她演过头了。

“这地方就是个法西斯的蛇窝。”莉萨说道，“就给我双倍剂量的酚酞片好了。”

于是她现在有六颗酚酞片了。她准备去讨价还价。她来到了黛西的门前。

“嘿，黛西。”她叫道，“嘿，黛西。”她飞起一脚踢在门上。

“滚开。”黛西说。

“嘿，黛西。”

黛西用嘶哑的声音喋喋咒骂着。

莉萨躬身凑近那扇门，说道：“我这儿有你想要的东西。”

“胡扯。”黛西说。然后她打开了门。

我和乔治娜在走廊另一头看到了这一切。当黛西打开门时，我们都眼巴巴地伸长了脖子。但她的房间里太暗了，什么也看不见。那扇门在莉萨身后关上时，一股奇怪的甜香被吹到了走廊里。

莉萨在里面待了很长时间。后来我们都放弃等待，去食堂吃午餐了。

播放晚间新闻的时候，莉萨宣布了自己的发现。她挡在电视机前，高亢的嗓门儿完全盖住了沃尔特·克朗凯特[①]的声音。

“黛西的房间里摆满了鸡。”她说，“她在房间里吃鸡，吃的方式很特别，我看到了。她把鸡肉全撕下来再吃，因为她喜欢留下完整的鸡骨架。就连鸡翅上的肉她也能撕下来。然后她把扒得干干净净的骨架摆到上一只鸡的骨架旁边。她那里现在已经有九个骨架了。她说等集齐十四个时就可以离开了。”

“她把鸡肉分给你了吗？”我问。

“我才不想吃她那恶心的鸡。”

“她为什么要这样？”乔治娜问。

---

①美国 CBS 电视台晚间新闻主持人。

“嘿，差不多得了，”莉萨说，“我又不是全知全能。”

“那些酚酞片她要了吗？”波莉想知道这个。

“要了。她需要酚酞片就是因为她吃了那些鸡。”

“你看到的肯定不止这些。”乔治娜说。

“听着，是我想办法进了她的门。”莉萨说。此后，大家八卦的热情很快消退了。

那一周还出了一条与黛西有关的新闻。她父亲为她买下了一幢独栋小公寓，作为圣诞礼物。“一个爱巢。”莉萨如此称呼。

黛西对此甚为得意。她走出房间待在外面的时间更多了，她盼着有人问问那幢独栋小公寓的事儿。乔治娜满足了她。

“那房子有多大，黛西？”

“有一个卧室，一个L形的起居室，一个可用餐的鸡房。”

“你是说厨房？”

“我说的就是厨房，蠢货。”

“房子在哪儿，黛西？”

“就在麻省总医院附近。”

“好像在去机场的路上？”

“就在麻省总医院附近。”黛西并不想承认她的独栋小公寓坐落在去往机场的路上。

“你最喜欢房子的哪部分？”

黛西闭上眼睛停顿了片刻，像是在玩味她最喜欢的部分。“标牌。”

“标牌上写了什么？”

“‘你住在哪里，哪里便是你的家。’”她兴奋地攥紧双手，“你知道吗，每天都会有人开车经过，他们看到标牌就会想，‘没错，如果我住在这里，我现在就已经到家了。’而我就要回家了，你们这帮混账。”

那一年，黛西离开得很早，她要去自己的公寓过圣诞节。

“她会回来的。”莉萨说。但这一次，莉萨错了。

来年五月的一天下午，我们被召集起来，开了一个临时的大厅集会。

“姑娘们，”护士长说，“有一个不幸的消息。”闻言我们都不由得向前倾了倾身子。“黛西昨天自杀了。”

“死在自己的独栋小公寓里吗？”乔治娜问。

“她是开枪自杀的吗？”波莉问。

“黛西是谁？我认识她吗？”火星人的女朋友问。

“她留下遗言了吗？”我问。

“这些细节都不重要。”护士长说。

“那天是她的生日吧？”莉萨问，护士长点了点头。

我们集体默哀了一会儿，为黛西。

我的自杀

自杀也算是一种谋杀，一场预先策划的谋杀。你第一次自杀的时候，肯定已经不是第一次考虑这件事了。你预想过无数次，而且已经习惯了想象这件事。你得有动机，得想好方法，还有时机。要成功地完成一次自杀，需要一系列缜密的安排和一个冷静的头脑，而这两个要素都不是处在想自杀的精神状态下的人具备的。

你让自己变得冷漠超然，这很重要。这是可以训练的，比如想象你已经死了，或者想象你死去的过程。假如你看见了一扇窗，就想象身体掉落窗外；假如你看见了一把刀，就想象它刺破你的皮肤；假如你看见了一辆开过来的列车，就想象车轮碾过压扁你的肢体。这些练习是必要的，能带你到达向往的彼岸。

自杀的动机最重要。要是没有强烈的自杀动机，就肯定没戏了。

我的动机太弱了。一篇美国历史的论文，我不想写；还有数月以来一直萦绕在我脑中的一个问题——为什么不一死了之呢？

我死了，就不用再写那篇论文了，也不用一直跟脑中的那个问题打架了。

跟那个问题打架累得我精疲力尽。但一旦问题被提出来，你就再也赶不走它。我想，很多人自杀，或许只是为了制止自己脑中的争论。

那段时间，我的每一个想法、做的每一件事，都会被拽进那场争论里。发表了愚蠢的评论——我干吗不弄死自己呢？没赶上巴士——我最好结束这一切。就算发生了什么好事情，也会打上一架。我喜欢这部电影——也许我不该自杀？

事实上，我想要弄死的只是我的某个部分：想让我自杀的部分。那个念头总是让我陷入死或不死的争论里，让每一扇窗、每一件厨具、每一个地铁站都变成了悲剧的预演舞台。

然而，我一直不明白这一点。等明白过来的时候，我已经吞下了五十片阿司匹林。

那时我有个会给我写情诗的男朋友，叫约翰尼，他的情诗写得真好。我给他打了电话，说我就要自杀了。我故意没将电话挂好，吃下了五十片阿司匹林，然后意识到这是个错误。后来我就出门去买牛奶了，那是吃下阿司匹林之前妈妈交代的事儿。

约翰尼报了警。警察赶到我家，把我做的事儿告诉了我妈。于是，在麻省大道上的那家 A&P 超市里，正当我要晕倒在肉类专柜的案板上时，妈妈出现了。

我得走过五个街区才能到达 A&P 超市。那一路上，我悔之不及，觉得真是丢人丢到家了。我犯了一个错误，而且我就要因此死掉了。或许是我活该，活该为此赔上一条命。我哭了起来，因为我就要死了。在某个瞬间，我觉得自己很可怜，觉得自己遭遇了这一切不幸所以很可怜。然后，眼前的一切开始模糊，耳中的声音也只剩下一片风声般的呜呜杂音。到达超市的时候，我的整个世界变成了一条窄细深长、规律地搏动着的隧道。我已然失去了余光，耳中有疯狂的轰鸣声，我的脉搏则咚咚咚连续重击着神经。肉案上，血肉模糊的猪肋和牛排被裹缚在塑料保鲜膜里，紧绷而扭曲。那是最后一件我能看清的东西。

经过洗胃，我又活过来了。他们将一根长长的管子慢慢插进我的鼻孔，伸到我的喉咙下面，那感觉就像一直有什么东西噎着，噎得我快要窒息。然后他们开始为我泵吸洗胃，那感觉像是在被猛力地抽血，吸出的时候，层层身体组织前所未有地全部坍塌，胃前壁贴上了胃后壁，前胸贴住了后背。体内所有恶心的玩意儿都被拉扯了出来。这是一次有效的威慑。我当即决定，下一次绝对不要再吃阿司匹林。

不过，等他们弄完之后，我有点不确定还要不要再自杀一次了。我很开心，我没有死掉，但有些东西死掉了。也许，半途反悔的自杀成全了我那个稀奇的动机。这么多年以来，我第一次感到轻松了许多、轻快了许多。

这种通透、轻灵的感觉持续了好几个月。我写完了一些作业。不再和约翰尼见面，开始喜欢上了我的英语老师，他能写出更美的情诗，虽然不是写给我。我跟他去了一趟纽约，他带我去弗里克艺术收藏博物馆看了维米尔的画。

唯一比较奇怪的是，我忽然变成了一个素食主义者。

我只要看见肉类食材就会联想起那次自杀，因为我当时晕倒在肉类柜台上了。不过我想原因远远不止如此。

那些肉类食材伤痕累累、鲜血淋漓，被囚禁在紧裹的保鲜膜里。而且——虽然我有长达六个月的时间不用思考这件事——我也和那些肉一样。

被关进疯人院的基本前提

我还是没太明白自己为什么会被送到这里，但肯定不仅仅是因为那颗青春痘。我大概没提到过，我从没见过那个医生，就是那个才跟我聊了十五分钟，也许是二十分钟，就把我关进了精神病院的人。我到底是有多错乱，以至于见一个医生才不到半小时就被送进了疯人院？而且他还骗了我——就待两周。实际上，我待了将近两年。我那时已经十八岁了。

我是自己签字把自己关进去的。我不得不签，因为我已经十八岁了，要么由我自己签字同意，要么由法院签发强制令。而他们永远也不可能跑到法院去弄一个针对我的强制令。当时不知道这一点，所以我签字同意疯人院把自己关起来。

我不会危害社会。难道我会危害自己吗？那五十片阿司匹林我已经解释过了，那只是一种类似于隐喻的迂回办法。我想要关掉脑袋里的某个声音，想要清理我性格中的某个部分，我不过是用那把阿司匹林叫停那个部分的自我。而它的确在一段时间里起了作用。即便后来效用渐渐消退，我也没有勇气再尝试一次。

然而那个医生是怎么看待这件事的呢。那是一九六七年。就算是在他的生活中，在他那远避于城郊灌木丛后的职场中，他也能真切地感受到一股神奇的暗潮，一股来自另一个世界的吸引力，正在让人们的生活失去平衡。那个世界挤满了醉生梦死、吸毒成瘾、连自己姓什么都不记得的疯狂的年轻人。用他的话说，这是一种“威胁”。这些孩子到底在干吗？而现在，他们中的一个走进了他的诊疗室，穿着一件和一张餐巾差不多大的紧身衬衣，下巴颜色斑驳，说话一字一顿。他认定，这姑娘磕了药还有点飘。他又看了看面前便条簿上匆忙记下的名字。他是不是见过她的父母，在两年前的某次宴会上？她父母好像是哈佛大学的教员，或许是麻省理工的。她的靴子已经磨破了，但外套看起来不错。外面的世界很苛刻，就像莉萨说的一样。他不会良心发现把她送回那个世界去。在那个世界里，她会沦为那股汹涌着就要冲刷他诊疗室的亚社会浪潮上的浮沫，最终和同路人一起沉沦。他给她开了处方，相当于给她打了一剂预防针。

我是不是对他太友善了？几年前我曾看到报道，他以前的某个病人控告他性骚扰。但这种事在这个年代屡见不鲜，指控医生也算得上是一时的潮流。是不是那个早晨对我来说太早，对他也早得过分，想不出还有什么别的事可做？或许，很有可能，他只是想藏拙掩羞。

很难说明白我对此事的看法。起初，我只是去了诊疗室；然后，我上了一辆出租车；再然后，我踏上了麦克林恩精神病院行政大楼前的石阶；最后，如果我没记错的话，我坐在一把椅子上等了十五分钟，等着签字注销自己的自由。

要实现这一切，需要一些前提。

我在看图案方面有些障碍。那种东方风情的小地毯、瓷砖地面、印花窗帘之类的事物，都是我的障碍。最让人受不了的是超市狭长通道上铺设得像棋盘一样的地砖。当我看到带图案的东西时，我看到的不仅仅是东西本身。这听上去好像在说我会产生幻觉，但不是这样的。我当然知道自己看着的是一块地面，或是一幅窗帘。但所有的图案似乎都包含着潜在的意象，似有生命般地，在繁复交错的线条之间频频闪现。那些意象，有时是树林，有时是一群鸟儿，有时是我二年级时的班级照片。没错，我知道事实上没有这些东西，那只是一块地毯，或者随便其他什么。但可能会有别的东西的视觉频闪，让我疲惫不堪。那些情形来得太密集了。

我在看人的时候也有一些障碍。当我看着一个人的脸时，常常无法持续接收那张脸不断传达出的表情。一旦想要解读面部表情，它就变成了一个古怪的玩意儿：黏糊糊的，上面有各式各样的凸起，布满了的排气孔和湿斑点。相对于我的图案障碍，这是另一个极端：接收到的不是过于密集的意义，而是完全看不出任何意义。

可我绝对不是疯了，我没有掉进爱丽丝的仙境。我的不幸，也可以说是救赎，在于我每时每刻都能清醒地意识到自己对现实的曲解和误读。我从来没有“笃信”过自己的所见或是以为见到了的东西。不仅如此，无论多少次面对那些冷不防冒出来的怪诞的新花样，我最终总能正确地理解它们。

然而现在，我这么告诉自己：你觉得人们跟你很疏远，你不喜欢别人，因此你就将自己的不舒服投射在别人身上。你将别人的脸看成一摊橡胶，是因为你担心自己的脸就是一摊橡胶，你太焦虑了。

这种分析解释可以使我的举止恢复正常，但同时也引发了一系列有趣的问题。是不是每个人都和我一样会看到那些玩意儿，只是都装成看不见？疯子们是不是只是放弃了伪装？如果有人看不见那些玩意儿，他们是不是有问题？是瞎了还是别的毛病？这一系列问题搅得我无法安宁。

某种东西被撕开了，是一层遮盖或是外壳。它原本保护着我们。那层遮盖或外壳到底是我独有的，还是属于这个世界上的每个人每件物品，我无法知道。不过那已经不重要了，真的，无论它保护过什么，它都已经不在了。

以上是最主要的前提——一切都可能是另一种东西。一旦我接受了这一点，那么随之而来的就可以是：我可能疯了，或某人可能会认为我疯了。如果我都无法肯定那幅窗帘的图案中并没有隐伏着一脉山峦，我该如何肯定地反驳我没有疯呢。

我必须住院。虽然我知道我没疯。

还有一个不大寻常的、打破平衡的前提：我总是处于某种对抗的状态。对抗，就是我的抱负和雄心。那个世界，不管它是致密的还是空洞的，对我的影响只有一个，那就是挑起我的对抗。本该奕奕清醒的时候，我沉沉酣睡；本该口若悬河的时候，我缄默不语；伸手即得的事，我拒而远之。我的欲求，我的渴望，我的孤单寂寞、无聊厌倦以及惊惧害怕，都是我的武器。我用它们瞄准敌人——那个世界。毫无疑问，我的武器没能对那个世界造成分毫损伤，反而让我饱受搅扰和折磨。但我却从这份折磨中获得了某种可怕的满足。它们让我证明了自己的存在。我的自我完整性，似乎正仰赖于持续地对那个世界说“不”。

因此，我无法抗拒这个被囚禁的机会。这是一个巨大的“不”，除了自杀以外，最大的“不”。

这是个任性的理由。但在这份任性的背后，我深知自己并没有疯。但若是没疯他们就不会扣留我，把我关进一所疯人院了。

麦克林恩精神病院

编号：22201　　　　　　　　　　　　　　姓名：苏珊娜·N·凯森

1967 年 4 月 27 日

自愿申请入院文件摘要

曾打算跳河自杀。
完全能够明确意识并无误理解自己行为的性质及后果。

患者把自己关在房间里，几乎不进食，完全不能工作和学习。
本自愿申请入院文件由患者本人亲自签署。

████ 医学博士 / 医生

疯人院使用方法说明

两扇紧锁的门，中间隔着五英尺。当护士锁上一扇门，为你开启另一扇的时候，你只能静静地等着。

里面有三个电话隔间，然后是两个单人间病房、起居室、可用餐的厨房。这番设计是为了给来访的客人留下良好的第一印象。

不过，一旦你经过了起居室的转角，情况就不一样了。

那是一条长长的走廊——真的十分深长。走廊的一侧排列着七八个双人间病房，另一侧的中段则坐落着护士站。护士站的两旁分别是会议室和水疗室，疯子们在左边，管理人员在右边。卫生间和淋浴间也在右边，意味着这里的职员可以最大限度地监管我们的私密行为。

一块黑板，上面用绿色的粉笔写着我们二十个人的奇怪名字，每个名字后面的空格里，只要我们离开病区，就用白色的粉笔写上：去了哪儿、什么时候离开的、什么时候回来。黑板就挂在护士站的正对面。当有人被禁足的时候，护士长就会用绿色粉笔在其姓名旁边写上一个“禁足”。要是有新的人要被关进来，我们会提前得到警告，将有一个新名字出现在列表上。有时候，警告比要来的人出现在长走廊上的时间早整整一天。那些已被释放或死亡的人的名字，会在黑板上保留一段时间，作为一种无声的纪念。

在讨厌的走廊尽头，是那间讨厌的电视房。我们喜欢那里。至少与起居室相比，我们更喜欢电视房。那里脏乱邋遢、吵吵嚷嚷、乌烟瘴气，最重要的是，房间在左边，是属于疯子的辖区。对我们来说，起居室是属于管理人员的。我们常常吵着要将每周例行的大厅集会从起居室搬到电视房，但从未成功过。

过了电视房，是走廊的另一个转角。那里还有两个单人间、一个双人间、一个卫生间和禁闭室。

禁闭室的大小跟典型的城郊住宅的浴室差不多。房间里唯一的窗口开在门上，有铁丝网防护，这是为了方便外面的人监控房间里的疯子，看她要搞什么鬼。在禁闭室里，你什么也得不到，什么也干不了，只有一张光秃秃的床垫扔在绿色的油毡地上。四面墙壁斑驳，布满坑洼，像是被人用指甲抠的或用牙齿啃的。禁闭室本该是隔音的，但我们这间没有。

你可以冲进禁闭室，摔上门，在里面大喊大叫一会儿。闹够了再打开门走出来。在电视房或是走廊里大喊大叫是一种“过激行为”，可不是个好主意；到禁闭室里大喊大叫才是明智的选择。

你还可以“要求”被锁进禁闭室。不过没什么人会提出这种要求。如果你想从禁闭室里出去，也必须提出“要求”。一个护士透过铁丝网窗口往里看，判断你是不是已经恢复，可以被放出去了。那个样子有点像隔着烤箱的玻璃门看里面的蛋糕烤好了没。

禁闭室的规矩是，如果你不是被关进去的，那么其他人也可以跟你一块儿待在里面。护士可以要求你停止喊叫，并问你为什么要这样。别的疯子也可以中途冲进来跟你搭伴儿搞个和声。但如果是那种需要提出“要求”才出得去的，自由受到限制就是你独处的代价。

设置禁闭室本来是为了将发了疯的人隔离起来。我们被允许在某个特定的范围和标准分贝以内放声吵闹、宣泄痛苦，但一旦有人持续数小时超标，就会被关进禁闭室。根据管理人员自己的推论，如果没有这种标准限制，我们这帮精神病就会以疯之名不断提高音量，最终导致管理团队无法掌控。对于什么样的人需要被关禁闭，在我们这里没有客观的判断标准。都是相对而言的，就像学校里的成绩评分曲线一样。

禁闭室很有效。被关在里面的人什么也干不了，过了一整天或一整晚之后，大多数人都安静了。如果有人还安静不下来，就会被送去接受最高安全监禁。

我们这里的门有双重门锁；我们这里的窗户全都被钢丝网罩住；我们这里的厨房配备的是塑料的刀具，但平时都被锁起来，只在有护士从旁看管的情况下我们才能使用；我们这里的浴室门从来不上锁。所有这些都只是中等安全监禁。最高安全监禁已然是另一个世界了。

冰激凌之序幕

正如讲述疯人故事的电影里演的那样，我们的精神病院建在城外的一座小山上。这所精神病院非常有名，因为收治过许多著名的诗人和歌手。到底是精神病院偏爱诗人和歌手，还是诗人和歌手格外疯狂？

灵魂歌王雷·查尔斯是在这里住过的最有名的患者了。我们都盼着他哪天能再回来转转，要是还能在戒毒病区的窗外弹奏一支小夜曲那就再好不过了。可他从没来过。

我们这里还住过泰勒家的孩子们，虽然在我来之前詹姆斯已经转到另一家医院去了，不过凯特和利文斯顿[①]还在。在盼不到雷·查尔斯的日子里，他们那来自北卡罗来纳州的蓝调弦乐也足以让我们闻之落泪。当你心怀悲伤时，正需要这份可以融入哀痛的音乐。

①詹姆斯·泰勒，凯特·泰勒，利文斯顿·泰勒均为美国歌手。

我们的老病友还有诗人罗伯特·洛威尔，我待在麦克林恩期间他也没来过。女诗人西尔维娅·普拉斯倒是来过，不过后来她自杀了。

究竟是什么样的格律、抑扬和节奏，能让创作出它们的人陷入疯狂？

精神病院有一块宽阔的空地，栽种在四周的植物都被打理得很漂亮。它们看上去新鲜而整洁，事实上是因为我们只能待在病区里，几乎不被允许去外面走走。但有的时候，作为一种特殊的优待，我们可以踏上贯穿空地的小路去外面买冰激凌吃。

去吃冰激凌的队伍以原子的结构组合而成，我们这些疯子是原子核，周围是神经过敏、高度戒备随时可能惊起飞奔的护士电子。她们的责任是保护我们，或者是保护贝尔蒙特的居民远离我们。

这里的居民都很富有，大多数是供职于“高技术高速公路”[①]的工程师或技术专家。除了这些高科技新贵，贝尔蒙特另一类重要居民是约翰·伯奇协会[②]的成员。约翰·伯奇协会在贝尔蒙特的东边，而精神病院在西边。在我们看来，这两个机构其实是彼此的变种，但伯奇协会的人多半不会这么认为。整个贝尔蒙特被两大疯人团体夹围在了中间，那些技师、工程师们都很清楚这一点，所以当我们走进镇上的冰激凌店时，他们都小心翼翼地将视线从我们身上移开。

---

①美国波士顿128公路，公路两侧聚集了大量从事高技术研发、生产的机构和公司。

②美国一个极右反共组织。

只说我们和一群护士一起出来放风，并不能完全表述那种状况。作为一种“特殊优待”，它有一套复杂的规则，规定了每个精神病人需要多少个护士陪同，以及首先，某个精神病人能不能离开病区出去放风。

特殊优待的最底层是毫无优待：在病区内被禁足。这常常发生在莉萨身上。有时她也能被提升一层：“二对一”。意思是在有两个护士陪同的情况下，她可以离开病区，但仅限于去食堂或去接受专业治疗。不过，即使这家医院的医护人员和病人的比例很高，“二对一”的规定多数时候也只适用于禁足病区。只有两个护士就想挥肘扬臂将莉萨推去食堂吃晚饭，通常是不可能的。再往上一个级别是“一对一”，将一个护士和一个病人像连体婴儿那样绑在一起。有些病人即使只在病区内待着也要被一对一看管起来，看上去就像有个贴身仆人，又像是被一个恶灵跟着，到底属于哪种效果，取决于护士。一个笨手笨脚的护士在执行“一对一”的时候是很麻烦的，一趟任务会被她搞得无限坎坷与漫长。因此，护士对病人的理解和配合程度是很重要的。

继续说这套诡异复杂的等级制度。第四级别是“一对二”（一个护士，两个病人），第五级别是“组”（一个护士，三四个病人）。如果你达到“组”这个层级，你就可以享受“目的地特殊优待”。它的意思是，到达目的地之后，只要立刻打电话给护士长，让她知道你们到那儿了就行。同时，你们准备回病区的时候也要给护士长打电话，如果你们逃走了，她就能大致推算出逃跑时间和距离。再往上，就到了“共同护送”这一级。在这一层级，允许两个不怎么疯的病人结伴前往某个地方，不再有护士陪同了。最后是最高级的，“全场自由行动”，意味着你可以在精神病院内的任何地方独自游荡。

就算你在精神病院内已经获得了最高级别的行动权限，精神病院以外世界的行动权限还是要重新从最底层开始层层晋获。有的人在院内可以“共同护送”或是“全场自由行动”，到了外面却只能在“组”这个级别上行动。

因此，当我们连同一批随行护士一起走进韦弗利广场的百利甜品店时，这个包含了若干原子结构的分子，其内在设置比我们这一大队人马看上去得要复杂得多。即便这样，有几位坐在角落里悠闲地啜着咖啡的工程师太太们，还是优雅而礼貌地将目光转向了别处，假装没有看见我们。

莉萨没能和我们一起出来。在第三次逃跑未遂之后，她就一直停留在“一对一”的层级。波莉也属于“一对一”，但这种特殊优待让她觉得安全，而不是束缚，所以她总能跟着我们一块儿出来。我和乔治娜是“组”级别的，但由于没有别的人也处于该级别，我们实际上被当作“一对二”看管。辛西娅和火星人的女朋友是“一对二”的，于是这状况就显得好像我和乔治娜跟辛西娅和火星人的女朋友一样疯。我们当然没她们疯，这种安排令我们俩相当不悦。黛西是最高层级的，不论是在精神病院内还是这个小镇上,她都可以“全场自由行动”。没有人能明白这是为什么。

六个精神病，三个护士。

穿过精神病院两旁美丽的玫瑰花丛和高大树木，我们花了十到十五分钟走下山。离病区越远，几个护士就变得越神经质。当我们走上小镇的街道时，她们安静了下来，却紧紧贴着我们，还都装出一副漠不关心的表情，好像在说，我可不是押送六个精神病去冰激凌店的倒霉护士。

然而她们就是。我们正是那六个精神病，所以我们也要表现得像个精神病。

其实我们没做出什么不同寻常的举动，只是做了我们在病区里常做的。低声咕哝，厉声咆哮，大哭大闹。黛西猛撞人，乔治娜喋喋抱怨这种讨厌的安排让我和她看起来跟那两人一样疯。

“别闹了。”某个护士会说。

为了让我们闭嘴，她们会不遗余力地捏我们、掐我们，像黛西一样猛撞我们，我们称之为“护士的拧掐”。我们其实不怎么介意让她们试试手，她们也不怎么介意我们做自己。这就是我们的一切，真实的一切。护士们也都了解这一点。

冰激凌

那是春季里的一天。春天是给人带来希望的季节，因为轻柔的暖风、清香的气味和温软的泥土。春天也是让人想要自杀的季节。一周之前，黛西结束了自己的生命。他们或许觉得应该安排一些娱乐活动，好分散和削弱我们对这件事的注意力。于是我们迎来了久违的冰激凌放风。黛西不在了，管理人员与病人的比例高于以往：五个精神病，三个护士。

下山的路上，我们从一株木兰花树下经过，肉质肥厚的花朵已然落下，粉色的落花正渐渐变为棕褐色，从花瓣边缘开始慢慢腐烂；我们从一片黄水仙旁经过，失去水分的干枯花瓣已经像薄纸一样脆弱；我们还从一排枝叶黏腻的月桂树下经过，低垂的绿枝可以编织成你头顶的桂冠，也可以炼制置你于死地的毒药。当我们走上镇里的街道时，护士们并没有表现出往常那种紧张兮兮的神经质状态，也许是春困令她们疲倦，也许是管理人员相对病人人数的比例提高让她们感到安心。

冰激凌店里的地面铺着如同国际象棋棋盘一样的黑白相间的地砖，这让我烦躁迷惑。这里的拼图地砖比超市里通道上的地砖更大，也更让我难受。如果只盯着一块白色方砖，我不会有任何不适。但要想忽视包围在那块白砖四周的黑砖实在太难了。那种鲜明的反差和对照仿佛在我的皮肤下面翻腾作祟，每次来到冰激凌店都让我瘙痒难耐。地面传达给我的信息太多了——是与否，这里与那里，上与下，白日与黑夜——人生中那些说不出口却又糟糕透顶的举棋不定和举步维艰的境遇，通通在棋盘格子似的地面上赤裸裸地摊开。

负责售卖和分派甜筒的是一张新面孔，我们以紧密排列的方阵朝他靠近。

“我们要八支甜筒冰激凌。”一个护士说道。

“好的。”他说。他的脸上长满了青春痘，态度却非常友好。

我们花了很长时间才决定各自想要的口味。这种事每次都会发生。

“我要薄荷棒冰。”火星人的女朋友说。

“你只说‘薄荷味’就会死吗？”乔治娜说。

“薄荷‘棒’。”

“老实说……”乔治娜越发来劲了。

“薄荷鸡迈。”

火星人的女朋友因此而遭受了护士的拧掐。

其他人都没再要薄荷味。巧克力味最受欢迎。另外，冰激凌店新推出了春季主打口味，水蜜桃。我要了这种。

“需要撒上坚果[1]吗？”这位友好的新职员问道。

我们面面相觑。要说点什么吗？三个护士也不约而同地屏住了呼吸。外面的鸟鸣在这一刻格外清晰。

“我想我们不需要这个。”乔治娜说。

①坚果（nuts）在英文中也有“疯子”的意思。

查房

五分钟，查房。十五分钟，查房。半小时，查房。护士们会在打开房门的一瞬间说一声“查房”。咔嗒，转动门把解开锁扣；嗖嗖，门被推开；“查房”；嗖嗖，门被合上；咔嗒，转动门把闭合锁扣。每五分钟查一次房，那点时间不够喝完一杯咖啡，不够读完一本书上的三段文字，不够冲个澡。

许多年后，当数字监控设备出现并被大范围普及时，我又回想起五分钟一次的查房。他们用这种方式谋杀了时间——按部就班地，时间被砍剁成均匀的碎片，然后逐一抛进垃圾桶，伴随而来的那一声咔嗒，宣告着某段时间的逝去。咔嗒，嗖嗖，“查房”，嗖嗖，咔嗒。生命中的又一个五分钟枯萎了、耗尽了。在这个地方枯萎了、耗尽了。

后来，我只需每隔半小时才被查一次房，但乔治娜还得每十五分钟就接受一次查房。由于我们合住在一个房间里，这便没有区别了。咔嗒，嗖嗖，“查房”，嗖嗖，咔嗒。

因此，我们更愿意直接到护士站对面坐着。负责查房的人只需朝我们这边探探头，就可以走开继续做她的事，也不必打扰我们。

不过，有时仍然无法避免她们冒冒失失地询问谁在哪儿。

咔嗒，嗖嗖，“查房”，既定的节奏在这里被切断，停顿了一会儿。“看见波莉了吗？”

“我不会蠢到帮你把你的活儿也干了。”乔治娜吼道。

嗖嗖，咔嗒。

反正在你知道波莉去哪儿了之前，她又会来一趟。咔嗒，嗖嗖，“查房”，嗖嗖，咔嗒。

这恼人的声音永远不会停止，甚至在夜里也不会，那是疯子们的摇篮曲。它是我们的节拍，是我们的鼓点。它就是我们的生活。我们的生活被平均分割成一份份监管起来，每一份的剂量或许只比一咖啡勺的剂量多那么一点点。又或许是一汤勺？在这支疯人院专用的伤痕累累的破旧锡勺里，盛着满满一勺无人问津的隔夜馊饭，那是本该香甜美好的，我们的生活。

尖锐物品

指甲剪。指甲锉。安全剃刀。折叠式小刀（那是你十一岁时，爸爸给的）。别针（那是你高中毕业时得到的，上面还缀着两颗粉色的小珍珠）。乔治娜的金耳钉（你不是开玩笑吧！这是背面，看——那个护士将耳钉背面的短针展示给她——这里是尖利的，看见了吧）。那根腰带（我的腰带？它又招谁惹谁了？是腰带上的搭扣有问题。你可能用搭扣有尖头的部位把自己的眼球剜出来）。餐刀(不错,只需一把餐刀你就可能制造一起杀人案了)。但餐叉和勺子也禁止？（对，餐刀、餐叉和勺子也要禁止。）

我们只好用塑料餐具吃饭。在这所精神病院，吃一顿饭堪比一次冗长而费劲的野餐。

你得用一把塑料餐刀去对付又老又硬的牛肉，再拿塑料餐叉把它舀起来。(那叉齿绝对戳不进肉里，你只能拿它当勺子用。)而被塑料餐具整治过的食物，吃在嘴里还真是别有一番滋味。

记得有一次，塑料餐具的运输出了点问题，待用的餐具迟到了整整一个月。于是在长达一个月的时间里，我们的餐具变成了厚纸板做的餐刀、餐叉和勺子。你从没用厚纸板叉子吃过东西吧？想想那会是什么样的口感。厚纸板上的纸纤维块儿会在你嘴里软化、脱落，然后黏在舌头上，和食物混在一起被你吃下去。

如果你想要刮腿毛呢？

我站在护士站前。“我想刮腿毛。”

“稍等一下。”

“我现在就要去洗澡，我想刮掉腿毛。”

“我要先审查你的要求。”

“我接到命令要求我刮掉腿毛，长官。”

“我必须先对此进行审查。”沙沙，咯咯嘎嘎，“好了。再稍等片刻。”

“我现在就要洗澡。”

我坐在浴缸里。那是一个老式的四脚浴缸，缸底的四只立脚被做成动物爪子的形状。浴缸又深又长，大得可以当游泳池了，还是奥林匹克运动会的游泳池。咔嗒，嗖嗖，“查房”——

“喂！什么时候给我剃刀？”

“我只负责查房。”

“我现在就要刮腿毛。”

嗖嗖，咔嗒。

又加了一桶热水。泡在这个连水疗都能做的大浴缸里实在太舒服了。

咔嗒，嗖嗖，我的刮毛审查官终于出现了。

“你把我要的剃刀拿来了吗？”

她将剃刀递给了我，然后在浴缸旁的椅子上坐了下来。我已经十八岁了。她二十二岁。而她得一直盯着我，看我刮腿毛。

后来，我们的病区里到处都是汗毛浓密的双腿。或许，我们才是早期的女权主义者。

另一个莉萨

有一天，这里又来了一个莉萨。我们用其全名莉萨·科迪称呼她，以此与真正的莉萨区别开。这位莉萨，就像个女王。

两个莉萨很快成了朋友。她们俩最喜欢做的事情之一就是打电话聊天。

在那个有双重锁的门旁边有三个电话隔间，是我们这里唯一私密的区域。只要进入其中一个隔间，关上门就可以了。即便是我们这里疯癫程度最严重的精神病患者，也可以坐进电话隔间打一通私人电话，虽然接听电话的人就是她自己。护士们手中有我们的号码清单。我们拿起电话，就会有一个护士接听。

“你好，”我们会这样说，“我是乔治娜，”或辛西娅，或波莉，“请帮我接通 555-4270。”

“清单上没有这个号码。”电话那头的护士会说。

通话就结束了。

还有一个无人使用的电话隔间，里面积满了灰尘。一部老式的电话机放在那里，黑色的听筒上有突出的棱脊。

两个莉萨要连线交流时，每人各占一个电话隔间，将折叠门关好，拿起听筒对着它大叫就可以了。要是有护士接听，莉萨就会冲着电话吼："别占线！"然后两个莉萨就能继续对话。她们有时会高声谩骂，有时只是大喊着聊一聊自己今天有什么安排。

"要去食堂吃晚饭吗？"莉萨·科迪这样吼道。

莉萨还在病区禁足，因此她不得不这样吼回去："你干吗还想着和那些精神病一块儿喝粪水？"

对此莉萨·科迪会吼："人家是精神病，那你又是什么东西？"

"反社会！"莉萨会自豪地吼出来。

那时莉萨·科迪的诊断结果还没下来。

辛西娅是抑郁症，波莉和乔治娜是精神分裂症。我是性格障碍，也被称为人格障碍。第一次听到这个诊断结果时我并不觉得它是个严重的毛病，过了一段时间以后，我开始觉得这名字听上去比别人的要糟得多。在我的理解和想象中，我的性格好比一架飞机或是一件衬衣，由于在制造过程中出了错，最后沦为了废品。

来了大概一个月之后，莉萨·科迪的诊断结果下来了。她也是个反社会。她很开心，因为她喜欢什么都跟莉萨一样。莉萨却不那么开心，因为她曾是我们这里独一无二的反社会，可现在不是了。

"我们这类人很稀少，"有一次她这样告诉我，"而且我们基本上可以算是男人。"

在莉萨·科迪拿到自己的诊断结果之后，两个莉萨变得越来越爱捣乱作怪。

“过激行为。”护士这样评断。

我们知道这是怎么回事。这是莉萨在千方百计地证明，莉萨·科迪不配当一个反社会。

莉萨将每天配给她的安眠药压在舌头下面，躲过了护士的张嘴检查。就这样，她积累了一周的药量，然后一次性全部服下。此后整整一天一夜，她都像吸了毒似的神志不清。莉萨·科迪只成功藏下了四颗，但她一次性吞下它们后，就吐了。某天早晨六点半，莉萨趁着护士换班的当口儿，将一支香烟在自己胳膊上摁灭了。当天下午，莉萨·科迪在自己的手腕处烧上了一小条伤痕，但随后她花了二十分钟用冷水持续地冲洗它。

终于，她们迎来了人生中历史性的决战。莉萨从莉萨·科迪口中套出话来，她是在康涅狄格州的格林尼治[①]长大的。

“康涅狄格州的格林尼治！”她讥笑道，那个地方不可能出现反社会，“你还是初次社交的上流名媛吧？”

快速丸、黑美人、可卡因、海洛因，这些毒品莉萨全都吸食过。莉萨·科迪说自己也曾是个瘾君子。她还卷起袖子给我们看她的毒瘾印记，顺着她臂上的静脉看去，确实有一些隐约的划痕，但那更像是曾经，很多年前，被一丛玫瑰刺伤后留下的淡痕。

“可怜的乡巴佬瘾君子，”莉萨说，“你只是尝了一口而已吧。”

①美国最富有的小镇之一。

“喂，毒品就是毒品。”莉萨·科迪申辩道。

莉萨立即将自己的袖子推到肘部，把小臂伸到莉萨·科迪的鼻尖下叫她好好看看。莉萨的手臂上布满了浅棕色的肿块，疙疙瘩瘩像一团团瘤子一样扭结着，叫人不忍直视。

“这个，”莉萨说，“才能叫毒瘾印记。小朋友，你还嫩着呢。”

莉萨·科迪被彻底打败了。但她并没有放弃。不论是每天的早餐还是每周的例行集会，她都要坐在莉萨旁边。她依然会去电话隔间等着莉萨跟她打电话，虽然那个电话再也没有打来过。

“我要甩了她。”莉萨说。

“你太残忍了。”波莉说。

“他妈的臭娘儿们。”莉萨说。

“骂谁呢？”辛西娅问，她是波莉的保护者。

不过莉萨没有费心去澄清。

我们病区的照明灯一直十分明亮乃至刺眼，到了晚上就像个游乐场。一天傍晚，护士们走进幽暗的走廊，打开了电灯开关，却发现所有的灯泡都不亮了。不是坏了，而是消失了。

我们自然知道是谁干的。但问题是，她把那么多灯泡藏哪儿了？在黑暗的病区里找灯泡实在不容易，而且连我们房间里的灯泡也不见了。

“莉萨有着真正的艺术家气质。”乔治娜说。

“专心找你们的吧，”护士长说，“每个人都给我好好找。”

莉萨坐在电视房里，表明自己跟这次搜寻任务无关。

最后是莉萨·科迪找出了那些灯泡，像是命中注定。她本来也想表现出自己跟这次搜寻任务无关，于是决定去电话隔间里待着，毕竟那里寄存着她对那段匆匆结束的友谊的美好回忆。当她想要拉开折叠门时，一定感到了不同于以往的阻滞，因为里面塞满了灯泡。但她仍然铆足了劲儿继续拉，就像她铆足了劲儿继续追着莉萨一样。于是，我们听到走廊上传来了一阵嘎吱嘎吱的碾压声和噘噘喳喳的玻璃声，大家惊惶地跑到电话隔间门前。

"碎了。"莉萨·科迪说。

每个人都好奇莉萨是怎么把那么多灯泡塞进去的，而她只是说："我有一双瘦长的手臂。"

两天以后，莉萨·科迪消失了，消失在从病区去食堂的路上。她逃跑了。他们对她的搜捕超过了一周，但没有人找到她。

"她受不了这里。"莉萨说。

我们却从她的话音里听出了某种羡慕的意味。这是我们从未听到过的语气。

几个月以后，在被带去麻省总医院做妇科咨询的路上，莉萨又一次逃跑了。这回她逃了两天。当她回来的时候，看上去满足极了。

"我遇到莉萨·科迪了。"她说。

"哦——"乔治娜惊呼。波莉则摇晃着脑袋。

"现在她是个真正的瘾君子了。"莉萨微笑着说道。

麦克林恩精神病院

姓名：苏珊娜·凯森

用药记录及治疗图表
1. 记录全部治疗指示。
2. 记录每一份已摄入的药物，描述每一次已进行的治疗。

日期与时间	护理工作记录		上午	下午
	3-11			
	在执行按钟点进行查房的规定期			
	间，苏珊娜·凯森曾一度与一男			
	性探访者（纳迪先生）会面。当			
	时我在执行每五分钟一次的查房			
	任务。打开房门时，发现他们正			
	在发生性关系。纳迪先生慌忙穿			
	上了裤子，苏珊娜·凯森则一直			
	坐在地板上。随后，纳迪先生很			
	快离开了。			
	5.25.67			
	11.7.			
	睡得很好。			
	7-3			
	正常参加了大厅集会。她发脾气			
	的时候会认为必须打破这里的一			
	些规定。每天看电视，并正常去			
	V.K. 医生那里接受治疗。			
	3-11			
	晚上很早就会回房间。在本病区			
	某管理人员的请教下，教了该职			
	员如何制作纸花。已逐渐变得愿			
	意社交，且似乎能非常愉快地以			
	画炭笔素描的方式度过傍晚的时			
	间。			

将军

我们常常坐在护士站前面的地板上抽烟。我们喜欢坐在那儿，因为这样能留意到护士们的情况。

“五分钟就要查一次房，绝对不可能干得完。”乔治娜说道。

“我就干完过。”莉萨·科迪说道。

“算了吧，”真正的莉萨说，“你没干完。”当时她刚刚开始跟莉萨·科迪较上劲。

“十五分钟查一次房的时候，我就干完过。”莉萨·科迪立刻修正道。

“十五分钟有可能。”莉萨说。

“嗯，十五分钟太容易了。”乔治娜说。

“韦德还年轻，”莉萨说，“十五分钟足够。”

我还从来没试过。前段时间，男朋友逐渐接受了我被关进精神病院这件事。平静下来之后，他来探望过我一次。但在我帮他解决性需时，闯进房间的查房护士撞见了这一幕，结果他的来访立刻被升级为受监督的探访。此后，他就再也没有来过了。

“我被她们撞见了。”我说。这里的每个人都知道我被她们撞见了，但我还是没完没了地说起这件事，因为它无时无刻不在纠缠着我。

“这有什么大不了的，”莉萨说，“让她们滚。”她大笑起来，“她们那帮混蛋，最好有多远滚多远。”

“但就算是十五分钟，我觉得他也完不了事儿。”我说。

“别分心，只要专注就没问题。”乔治娜说。

“不过你干的是谁，话说回来？”莉萨转向莉萨·科迪问道。莉萨·科迪没有回答。“看来你根本就没干过嘛。”莉萨说道。

“混蛋。”黛西正好从我们面前经过，她开口骂道。

“喂，黛西，”莉萨叫住她，“在隔五分钟就要被查房的情况下，你做过爱吗？”

“我才不想跟这里的蠢货做爱。”黛西说。

“借口。”莉萨低声说。

“你不也没干过谁吗。”莉萨·科迪这才反驳道。

莉萨咧嘴笑开了。“待会儿就让乔治娜把韦德借我一下午。”

“要干那事儿十分钟就够了。”乔治娜说。

“你们就没被她们撞见过吗？”我问她。

“她们不管。她们都喜欢韦德。”

“我看你就在这儿找个人解决问题得了，找个精神病。”莉萨滔滔不绝道，“甩了你那白痴男朋友，找个精神病男朋友多酷。”

“没错，你男朋友太烂了。”乔治娜附和道。

“我倒觉得他挺帅的。”莉萨·科迪说。

“他就是个麻烦。”莉萨说。

我开始抽噎起来。

乔治娜轻拍着我的肩，“他现在连来都不来了。”她犀利地指出。

“没错，”莉萨说，“他帅或不帅又能怎样，他都不再来看你了。话说他上哪儿学来的那一口烂腔调？”

“他是英国人，但是在突尼斯长大的。”我想这一特质恰恰是他成为我男朋友的重要因素。

“那就叫他回去。”莉萨建议道。

“我收下他了。”莉萨·科迪说。

“他绝对不可能在十五分钟内完事儿。”我警告她说，“你得与他口交。”

“无所谓，我没问题。”莉萨·科迪说。

“偶尔口交一下，感觉也不赖。”莉萨说。

乔治娜摇摇头，“太咸。”

“那个我倒不介意。”我说。

“你们遇到过那种味道特别糟糕的吗？涩得像柠檬皮，甚至更糟，有谁遇到过吗？”莉萨问道。

“听上去像是被感染了。”乔治娜说。

“恶心。”莉萨·科迪一下子给噎着了。

"不，不是病毒感染。"莉萨说，"本身就是有那种味道。"

"哦，谁会要那种。"我说。

"我们会去食堂帮你找个新男朋友。"乔治娜说。

"顺便多带几个回来。"莉萨说。她还被禁足在病区里。

"韦德肯定能推荐几个不错的，我想。"乔治娜继续说着。

"不用了。"我说。事实上，我可不乐意找个疯子做男朋友。

莉萨直视着我。"我知道你在想什么，"她说，"你可不乐意找个疯子来做男朋友，对吧？"

我有些窘迫和尴尬，但什么话也没说。

"你最终会克服这一点的。"她告诉我，"不然你还能有别的选择吗？"

大家都笑了起来。连我也被逗笑了。

负责查房的人从护士站里探出脑袋。她对着我们点了四次头，每一次代表她数到了我们中的一个人。

"半小时查房一次的话，"乔治娜说，"就好办了。"

"给我一百万美元的话，也会好办的。"莉萨·科迪说。

"都是这鬼地方闹的。"莉萨说。

我们都叹了口气。

麦克林恩精神病院
患者入院报告

姓名: 苏珊娜·凯森　　　　**日期:** 4/27/67

入院时间: 1:30p.m.　**入院方式（选择其一）:** 步行 √ 乘车______ 病区: SB Ⅱ

就诊时面貌: 白人。女性。18岁。（完全清醒。）发色：深棕。身高：5英尺。骨骼较小。
（此处记录患者体表有无伤痕、淤青、创口等）
衣着整齐。具体为黑色短裙、紫色毛衣。无首饰。面容整洁。体表无伤痕及明显标志。
外穿海军样式双排扣外套。

就诊时行为特点: 患者呈现受惊吓的状态。害羞。言谈适当。在与本院医师的简短会面
（是否表现出多动、健谈或抑郁等状态）
中哭过一次。无过度神经质的明显征兆。

体温: 99华氏度　**脉搏:** 80每分钟　**呼吸次数:** 16

血压: 119/58　**身高:** 60英寸　**体重:** 96磅

是否接受盆浴: 未提供

收治护士: ████ 护士

负责护士评语: 此女情绪非常抑郁、绝望。非常合作。

████
（负责护士签名）

日期: 5/2/67　　████
（主管填写）　　（主管签名）

信我还是信他?

那个医生说他和我的面谈长达三个小时。我说只有二十分钟。从我走进他诊疗室的门，到他决定把我送进麦克林恩精神病院，这期间只有二十分钟。此后我在他的诊疗室里待了大概一个小时，等着他打电话联系好精神病院，联系好我的父母，然后叫来一辆出租车。前后加起来，我最多承认我和他待在一起的时间有一个半小时。

我们不可能都对。然而，我们俩究竟谁对谁错很重要吗?

对我来说很重要。但是我弄错了。

我有一份有力的证据，就是麦克林恩精神病院存档的我的《患者入院报告》。护士在报告中填写了“入院时间”。根据那个时间点，我能回溯那天发生的所有事情。那上面写着：“1∶30p.m.”。

我说过当天很早我就出门了。但我认为的“早”，可能已经是上午九点左右了。我日夜颠倒，这也是那个医生说我有精神病的根据之一。

我说过当天早晨八点之前我就到了诊疗室。在这一点上似乎我也弄错了。

我想这里可以折中一下：我早晨八点钟出门，路上花掉一个小时，于是那天我和他的约见时间应该是九点。二十分钟以后就是九点二十。

现在让我们直接跳到出租车上。坐出租车从诊所所在的牛顿市到贝尔蒙特大约是半个小时的车程。而我记得我在麦克林恩的行政大楼里等了十五分钟，等着亲笔签名好把自己关进精神病院。在我见到填写这份《患者入院报告》的护士之前，还浪费了十五分钟在精神病院的官僚主义程序上。那么算起来，这段时间是一个小时。这意味着我到达医院的时间是中午十二点半。

好了，我们来看看，从九点二十到十二点半，一场长达三个小时的面谈！

我还是认为我是对的，我对时间的记忆和估算才是正确的。

可现在你们都信他。

别这么快就信他。我还有别的证据。

我的《患者入院记录》，是当天负责我的门诊医生填写的。这份资料证明了在见到那位护士之前我已经在精神病院内待了很久。在这份《患者入院记录》的右上角，“入院时间”那一栏，写着：“11：30a.m.”。

让我将那天的事情重新回溯一遍。

减去在行政大楼里等着签字以及耗在官僚程序上的半个小

时，我们回到了上午十一点整。再减去出租车载我过来花在路上的那半个小时，我们回到了上午十点半。然后减去我等医生打电话四处联络的一个小时，我们回到了九点半。如果我早晨八点钟离开家，按照约见时间九点进入诊疗室，那么结果出来了，我们的面谈时间是半个小时。

现在很清楚了吧，面谈从九点开始到九点半结束。我的误差没有超过十分钟。

该信我了吧。

马萨诸塞州贝尔蒙特

医院编号 #22201　　　　**患者入院记录**　　　　**入院时间**: 11:30a.m.

患者姓名：苏珊娜·凯森　　日期：1967 年 4 月 27　　病区：SB Ⅱ

年龄：18　　性别：女　　婚姻状况：未婚　　宗教：犹太教　　职业：学生？

入院意向：自愿　　是否有精神病院住院史：无

陪同人：独自

分配医师：██████ 医生

高速模式 vs. 高黏模式

精神病一般有两大基本模式：快速和缓慢。

我不是指精神病的发作或缓解周期。我想要描述的是精神病的特质或个性。换句话说，就是一个疯子的日常。

如今已有很多精神疾病的名字为我们所熟知：抑郁症、紧张症、躁狂症、焦虑症、激越症……然而仅凭这些名字，你还是对精神病一无所知。

先来说说精神病的缓慢模式。这一模式的首要特质是其高黏性。

开启缓慢模式时，你会觉得自己的过往经历似乎变得浓密厚重起来，知觉变得迟钝麻木，仿佛是一摊搅不开的黏稠糨糊。时间慢下来，光阴的流逝就像一滴水，慢慢渗透淤滞阻塞的知觉滤片，再慢慢滴落。你的脉搏变得无精打采，免疫系统已陷入半睡眠状态，你觉得自己的整个身体都恹恹无力、混沌萎靡。甚至连机体的条件反射都减弱了，要是这时候敲击你的膝盖，说不定你的小腿就只是呆滞不动，完全没有产生膝跳反射的任何意愿。

高黏缓慢模式发生在细胞层面上。高速模式也一样。

与高黏模式的怠惰相反，高速模式会将它的心神和意志传递给身体的每一个细胞和每一根肌肉纤维，也会启动大脑对自身行为无休止的理解和评价。你的生活将被大量的知觉和看法填满，除了过剩的知觉和看法，还有对这些知觉和看法的过剩的思考，以及对自己为何产生了这些知觉和看法的过剩的思考。这样的思考会把你折磨死。

我的意思是，这种没完没了的对思考过程本身的思考，将把你耗到油尽灯枯。这种思考领悟其实只是你想到某件事时无意识产生的思绪，它们本来只是你某个想法的副产品。但现在，它们变成了灾难的源头。

随便举个例子，什么都可以。比如，我已经厌倦了坐在护士站前面的地板上聊天。这是一个十分合理的想法。下面来看看高速模式会把这个想法变成什么样。

首先，我们来拆分这个句子：我已经厌倦了，不过，你真的是厌倦了吗？这样说准确吗？或许是想说疲倦、困倦？你可能需要对身体做一次全面检查，先排除你患上了导致嗜睡的疾病的可能性。你还没来得及从这样的疑惑中走出，脑海里可能已经充满了有关睡眠的各种影像，而这些影像快要把你的脑子撑爆了。烦人的影像通常会这样出现：你的头正朝着枕头倒下去，然后接触到了枕头，你好像看到了维肯、布林肯和诺德[1]，小尼莫[2]揉揉双眼从睡梦中醒了过来，还有一只大海怪。呃……哦，一只大海怪。幸运的话，你能避开那只大海怪，继续专注于睡觉这件事。好了，现在把思绪拽回到枕头上。你又想起自己五岁时患上的那场腮腺炎，那时你只能终日靠在枕头上。肿胀的脸颊贴在枕头上的感觉还留在身体里，当然还伴随着肿痛难耐、流涎不止的感觉，它们正随着你的思绪渐渐复苏——停，你得回来睡觉了。

可是涎液淋漓的画面在你脑中挥之不去，而已经有口涎渐渐在你嘴里汇聚。你曾经被这该死的思绪带到过这里，现在局面变得有些糟糕。你明白我说的是舌头。你一想到舌头，它就毫不客气地攻占了你的思绪。我的舌头为什么这么大？为什么两侧边缘那么粗糙，感觉布满了细小的毛刺？是不是因为缺乏某种维生素？能不能干脆把舌头切除？要是口腔里没了舌头，我的嘴形是不是就能顺眼一点了？这样的话，口腔也有了更大的空间。现在好了，你的舌头，舌头上的每一个细胞，都在这一刻变得极大、极显著，让你极其不适。它成了塞在你口中的巨大异物。

为了削弱这种异物感，为了让讨厌的舌头缩小，你将注意力放到了它的结构上：舌尖，舌面，舌背，舌沟，舌头两侧，舌边齿痕——就是之前描述过的布满了小毛刺的部位（那是缺乏维生

---

①美国19世纪末“儿童诗人”尤金·菲尔德（Eugene Field）著名诗作《维肯、布林肯和诺德》中的三个小婴儿。

②《小尼莫梦乡历险记》的主人公。

素造成的），舌根。问题来了。舌头是长在舌根上的，伸出舌头你就能看见舌根；伸出手指放进嘴里，你也能摸到舌根；但你的舌头却碰不到舌根。这是个悖论。

这个世界从来不乏悖论。比如那只勤勉的乌龟和那只偷懒的兔子。又比如阿喀琉斯和那什么？乌龟？脚踵？舌头？

还是回到舌头这个话题上来吧。在你没太关注它的这一小段时间里，它似乎变小了一点。但当你再次注意到它的时候它又胀大了。为什么舌头两侧会长齿痕呢？难道真的是缺乏某种维生素吗？这个问题你之前已经想过了，但现在这想法又牢牢地黏在了舌头上。只要你的舌头还在嘴里，它就会一直黏在上面。

以上所有的内容不过是一分钟以内的思绪。而你才刚刚拆解了句子的第一部分，“我已经厌倦了坐在护士站前面的地板上聊天”中的“我已经厌倦了”。可是，你产生这个想法，其实只是想做个决定：到底要不要站起来离开。

高黏模式和高速模式是对立的，但它们在表面上看起来可能了无差别。高黏模式会让一个人因为恹缩无力而沉默安静，高速模式则会让一个人因为想问题入了魔而沉默安静。如果一个人既不吭声也不动弹，旁观者很难说清他的内在活动是暂停了还是已经忙疯了。

高黏模式和高速模式有一个共同点，那就是思绪反复出现。你对某些经历的回忆像是早就编排、录制好的程序，某些思路似乎也有自己固定的延展轨迹，它们像插件一样安装在相应的思维或行为上，一旦启动就开始无限循环。而如果你对此尚未有所察觉，就无法赶走它。你必须经受住那些熟悉思绪的狂轰滥炸，否则将无法推动任何思维或行为。

那些繁复合成的思绪像滚雪球一样不断叠加，叠加到再也无法维持的程度时便崩塌，于是这一整天你都觉得暮气沉沉、生趣寥寥。而且，因为这些思绪总是重复出现，你完全了解前方有什么样的想法在等着你，你熟知每一个思路每一个细节，但你还是会身不由己地重走老路。这种无效而无望的思维路径，也是引发高黏模式无声无息宛如瘫痪的状态的原因之一。精疲力竭之后，你会顺理成章地认定，“是我不好”。你在这个想法里浸泡了一整天。这一天，你无时无刻不被经久不息的嘀嗒声敲打着——“是我不好”。第二天，你对自己有了新的认识——“我是死亡天使”。在这个想法背后，有一片难以触及的微妙底色，那里是恐慌耀武扬威的广袤领土。高黏模式将喧嚷沸腾的恐慌平息了下来。

这些想法没有什么实际的意义。它们只是精神病人的脑子里早已命定的可怕的循环咒语：是我不好。我是死亡天使。我是笨蛋。我什么事都做不成。一旦第一个想法冒了出来，你就摁下了整个循环的开关。就像流感一样：首先是嗓子疼，之后必然是鼻塞，还有跑不掉的咳嗽。

曾几何时，这些想法也有过实际的意义。它们各自表达的内容就是其意义。但无止境的重复将它们的意义消磨得精光。它们逐渐变成了你生活的基调，你自我憎恨的人生中的背景音乐。

最糟糕的是，到底要进入高速模式还是高黏模式呢？我很幸运，从来不用去选择。高速或是高黏，它们自有主张，是直接撞向我，还是带球过人，绕开我继续前行。

继续往哪儿前行？回到我的细胞里，像病毒一样潜伏起来，等待下一个机会？或是遁入深邃广阔的苍穹，等候下一个敢于挑衅它的情势出现，伺机亮相？内生还是外来，家生还是野生，这就是精神疾病最神秘的地方了。

安全网

“我需要新鲜空气。”莉萨说道。那时我们正坐在护士站前面的地板上，和往常一样。

黛西从我们面前经过。

“给根烟抽。”她说。

“抽你自己的去，臭娘儿们。”莉萨说。然后给了她一支烟。

“劣质烟。”黛西评价道。莉萨抽的是清凉牌的烟。

“我需要来点新鲜空气。”莉萨又说道。她将手上的烟在带棕色和黄色斑点的地毯上摁灭了，然后站了起来。护士站的两截门总是开着上半截而关着下半截。“喂，”莉萨将头从开着的上半截门伸进护士站，“我需要新鲜空气。”

“稍等一下，莉萨。”里面传出一个声音。

“现在就要！”莉萨猛地撞在将门横分为上下两截的门梁上。“这是违法的。你们不能一连几个月把一个人监禁在一栋楼里。我要给我的律师打电话。”

莉萨常常威胁说要给她的律师打电话。那个律师是法庭指派给她的，二十六岁左右，长得俊朗帅气，有一双好看的杏仁眼。可他从未能将莉萨从精神病院的监禁中解救出来。他的名字叫欧文。莉萨声称她曾好几次在法院的律师及委托人会议室里和欧文做爱。

每次莉萨威胁说要给她的律师打电话，护士长就会介入。

就像现在,她走出来斜倚在两截门的那根横梁上。“怎么回事，莉萨？”她问道，声音里带着疲惫。

“我需要他妈的新鲜空气。”

“你不需要这么大喊大叫。”护士长说。

“我要不是这样谁他妈的会在意我说了什么，就这地方？”莉萨总是将这所精神病院称作“这地方”。

“我正在你面前站着呢,”护士长说，“我在意。”

“所以你知道我要什么。”

“我会找个助手把你房间的窗子打开。”护士长说。

“窗子,”莉萨说道，她迅速转身看了我们一眼，“我才不管什么该死的窗子。”她又撞了一下两截门的横梁，护士长不得不后退了几步。

“要么开会儿窗，要么什么也别干，莉萨。”她说。

“要么开会儿窗，要么什么也别干。”莉萨用呆板的音调重复着。她转身朝走廊里走了几步，这样一来我们所有人，包括护士长在内，都看得到她了。

“我就看着，看着你怎么管理这地方。从不让人出门，从不让人呼吸新鲜空气，从不让人打开那该死的窗子，还有一群胆小怕事的臭娘们儿成天要你做这个做那个。瓦莱丽，该吃午饭了。瓦莱丽，不要大喊大叫。瓦莱丽，该吃你的安眠药了。瓦莱丽，停止过激行为。你听懂了吗？我是说，看看你把这地方管理得多混蛋，嗯？”

瓦莱丽是护士长的名字。

“我的意思是，换了你在这地方十分钟也待不下去。”

“他妈的臭娘们儿。”黛西说。

“谁问你了？”莉萨指着黛西道。

“给根烟抽。”黛西说。

“抽你自己的去。”莉萨说。她转身面对着护士长说：“我要给我的律师打电话。”

“好吧。”护士长说道。她是个聪明人。

“你认为我得不到任何好处是吗？你是这么想的吗？”

“要我帮你接通电话吗？”

莉萨倨傲地挥了挥手。“算了，”她说，“算了，去把窗子打开吧。”

“朱迪——”护士长叫道。那是一个金发碧眼的年轻助手，我们特别喜欢捉弄她。

“瓦莱丽！”莉萨吼了起来。只有在她很不高兴的时候才会直呼护士长为瓦莱丽，“瓦莱丽，我要你去把窗子打开。”

“我很忙，莉萨。”

“我要给我的律师打电话。”

“朱迪也可以去开啊。”

“我不想让那个胆小怕事的臭娘们儿进我的房间。”

“哦，你这讨厌鬼。”护士长说道。她得按下警报器才能打开下半截门，她随后来到了我们聚集的走廊里。

莉萨笑了起来。

要打开窗子，必须先由管理人员解锁窗户上的安全网。那是一幅装在钢制窗框上的厚实坚固的铁网。然后将沉重而结实的格子玻璃窗抬起来，最后再关上安全网并锁好。整个过程大概要花三分钟，而且很累人。这样的差事一般都是由助手来做的。如果赶上了某个微风习习的好天气，开窗之后就会有新鲜空气通过安全网的缝隙吹进来。

护士长从莉萨的房间里出来，回到了走廊里。大概是因为开窗要用力，她的面色有些泛红。“行了吧。”她说。她敲了敲护士站的门，等着里面的人按下警报器开门让她进去。

莉萨又点了一支烟。

“窗子已经打开了。”护士长说道。

“我知道。”莉萨说。

“结果你现在连房间都不会进，是吗？”护士长叹了口气道。

“嘿，我乐意。”莉萨说，“我需要新鲜空气的时间已经过了。”她又一次将烟头在自己的胳膊上摁灭。“那个时间大概会持续二十分钟，又或者半个小时吧，我想。”

警报器被按下，护士长打开门走了进去，然后又转身斜倚在横梁上。

“是是是，那个时间已经过了。”她说。

“给根烟抽。”黛西说。

“抽你自己的去，臭娘儿们。”莉萨说。然后给了她一支烟。

管理人员

瓦莱丽大概有三十岁，个子很高，双腿和手臂上的肌肉十分紧实，呈现出漂亮的圆锥形。她算得上是个美人儿，而且和莉萨有很多相像的地方。她们从腰部到臀部的线条都纤直修长，全身的关节也十分灵活。莉萨非常善于让自己蜷成一团缩在椅子或角落里，瓦莱丽也是。如果有人因情绪低落而收拢身体缩在墙壁和暖气片之间，或是躲在浴盆背后，又或是别的能带来安全感的狭小地方，瓦莱丽总能把自己也紧缩成一团坐进去陪着她。

瓦莱丽有一头秀发，但她老爱把它们编成辫子盘在脑后，像个小圆面包。这个辫子做的小圆面包从来不会散掉，总是纹丝不乱。偶尔，瓦莱丽会被哄得拆开小圆面包让辫子垂下来，那辫子长及腰部。只有莉萨能说服她这么做。但不管我们怎么恳求，她却再不肯把辫子拆开了。

瓦莱丽很严格，做事待人没什么弹性，但她是我们在这地方唯一可以信任的人。我们信任她，因为她从来不怕我们。她也不怕那些医生。她一向不爱多说什么，这一点也让我们喜欢她。

在这地方我们不得不和很多人谈话，每人每天都要见三个医生：病区医生、住院医生，还有我们各自的临床治疗师。通常，我们必须跟这些医生谈话，跟他们聊聊我们自己，但他们往往有太多关于他们自己的话要说。

他们有自己独特的语言：退行，过激行为，敌意，戒断，沉溺行为。最后一个名词可以附加在任何行为之后，使之变得不那么正常而值得质疑：进食沉溺行为，聊天沉溺行为，书写沉溺行为。外面世界的人可以爱吃就吃爱聊就聊爱写就写，但在这里我们做的任何事都变得不正常。

只有瓦莱丽能让我们松口气。她只会用到其中一个名词，过激行为。而且她一直用得恰如其分，完全符合当时的情况，那意思是“我不胜其烦我生气了我快要被你们搞疯了”。她会说“给我停下来”或者“你这讨厌鬼”。她怎么想就怎么说，就像我们一样。

这里的医生都是男人，护士和助手们则都是女人。只有两个例外：助手杰里和威克医生。杰里十分瘦削，总是闷闷不乐。他有一个经典玩笑。偶尔，我们中某个属于较高级别特殊优待对象的人，可能会被允许离开医院，于是她需要叫一辆出租车。她会这样对他说：“杰里，帮我叫出租车。”而杰里会这样回答她：“你叫出租车。”[①]我们都喜欢这个玩笑。

---

① Call me a cab 既有“帮我叫出租车”之意，也有“叫我出租车”之意。

威克医生则是另一回事。

威克医生是这里的头儿，是我们的病区“南贝尔纳普二中”的主管领导。“南贝尔纳普中学”或者“伊斯特公学”之类像寄宿学校一样的名字是我们给这个病区起的绰号，以便更好地体现威克医生是这所寄宿学校的女舍监。她来自罗德西亚，样子长得特别像马，我们都觉得她多半是一匹马的鬼魂。她说话的时候，嗓音也跟马没什么两样。她声音低沉、说话急促，听上去像在颤抖，再加上殖民地的口音，使她说出口的词句语音十分符合马的嘶鸣。

威克医生貌似对美国文化一无所知，让这样一个人来做少女病区的头儿实在不是明智的选择，简直古怪透了。她很容易被这里谈论的有关性的事情惊吓到。哪怕只是“做爱”这样的词都能让她那张苍白的马脸变红，而她和我们待在一起的时候，那张脸就会频繁地变红。

和威克医生的典型对话往往是这样的：

“早上好。你被诊断为持续强迫性滥交。能跟我聊聊这方面的事儿吗？”

“不能。”这是若干个让人不爽的回答中让我最爽的一个，我决定挑它作答。

“比如说，你对你的高中英语老师的依恋。”威克医生总是用“依恋”这样的词。

“呃？”

“能跟我说说这个吗？”

“呃，唔，他开车带我去了纽约。”那时我意识到他对我有意思。那天他带我去吃了一顿非常棒的素食午餐。“但那天不是那个发生的日子。”

“什么？发生什么的日子？”

“发生性关系。”

（脸红。）“继续。”

“后来我们去了弗里克艺术收藏博物馆。我之前从没去过。那里有维米尔的这幅画，看，就是这幅，一个正在上音乐课的姑娘，他画得太好了，我简直不敢相信这幅画如此美丽如此神奇。”

“所以，你们什么时候……嗯……什么时候发生了那个？”

难道她不想多听听和维米尔的画有关的事吗？但我记得她的确是这样问的。“什么？”

“那个……性……依恋关系。是怎么开始的？”

“哦，在那之后，我们回到旅馆之后。”我一下子弄明白她想问什么了，“当时我在他的房间里。我们都聚在他房间里举行一场诗会。之后其他人都离开了，只有我还没走。所以沙发上只剩下我们两人。然后他说：‘你想做爱吗？’”

（脸红。）“他用了那个词？”

“对。”其实他没有。他只是吻了我。在纽约的时候他就吻过我了。但我又何必讲出来让她失望呢？

这就是所谓的治疗。

好在威克医生要谈话的女孩很多，因此她的治疗十分简短，每天大概就聊五分钟。但紧随其后的是住院医生。

从威克医生离开到住院医生到来，中间有两三分钟的休息时间。在这段时间里，我们得构思点新东西来讲，或是编造一些抱怨。住院医生负责评定患者的特殊优待等级，给患者开药，以及规定患者每天可以接打的电话数量，因为这些都是不太重要，没必要麻烦威克医生来过问的日常琐事。

住院医生每六个月更换一次。我们刚刚摸索出怎么搞定某个住院医生，他就要从我们这里调走了。然后会调来另一个完全陌生的、不知该怎么沟通的住院医生。一开始，他们个个都强硬难缠；到最后，他们都疲于应付，只盼着被调走。只有少数几个住院医生在开始时会对我们报以同情，但最后也都会变得冷酷严厉，因为我们利用了他们。

和住院医生的典型对话往往是这样的：

“早上好。你的肠胃功能如何？”

“我想在‘组’这个级别上更进一步，我想要‘目的地特殊优待’。”

“你有头痛症状吗？”

“我已经在‘组’这个级别待了六个月了！”

“护士长报告里说昨天午饭之后你有过激行为。”

“她胡说，那是她编的。”

“嗯——敌意。”他在一个本子上写写画画。

“我能要求把阿司匹林换成泰诺吗？”

“这两种药没有区别。”

“阿司匹林让我胃痛。”

“你头痛吗？”

“或许也能预防这种情况。”

“嗯——臆想症。”他又开始草草涂写。

以上两位医生，病区头头威克医生和住院医生，他们仅仅是餐前冷盘而已，临床治疗师才是正式的主菜。

我们这里的大多数人每天都要去见治疗师。辛西娅不用，她只需一周见两次她的临床治疗师，再加上一周一次的电击治疗。莉萨则从来不去见治疗师。她当然有自己的临床治疗师，但那位治疗师要用莉萨的诊疗时间来打盹儿。莉萨要是无聊极了，就会让人带她去他的诊疗室，然后看见他坐在椅子上睡得正香。“逮到了！”她会这样说。随后她就会回到病区。我们剩下的这些人只能日复一日地坐进某人的诊疗室，不情不愿又无精打采地挖掘自己的过去。

治疗师干的事儿跟日常生活毫无关联。

“不要谈论精神病院的事。”如果我说了黛西的坏话或抱怨了某个傻愣愣的护士，我的治疗师就会这样打断我，“我们坐在这儿不是为了讨论这家精神病院的。”

他们无权提升或撤销我们的特殊优待级别，无法帮我们摆脱某个臭烘烘的室友，也不能让讨厌的助手停止对我们的烦扰和跟踪。他们唯一有权做的就是给我们开迷药。氯丙嗪、三氟拉嗪、硫利达嗪、利眠宁、安定，这些都是治疗师的好朋友。在“严重”情势下，住院医生也能给我们开这些药。一旦被用了这类药，你就很难再摆脱它们。这一点很像海洛因，但区别在于它们是让这里的职员们沉溺上瘾，沉溺于给我们强制用药。

“你做得很好。”住院医生会这么说。

那是因为那些东西蒙蔽了我们的心。

包括瓦莱丽在内，病区共有六个轮值日班的护士，她们每人都配有一两个助手。晚上则由三个令人惬意的爱尔兰大胸女人轮流值夜班，她们管我们叫“小宝贝”。不定期地，还会有一个同样令人惬意的黑皮肤大胸女人来值夜，她管我们叫“甜心”。如果我们当时需要，这些夜班职员从来不吝于拥抱我们。但日班职员严格恪守着“无身体接触”原则。

在白天和夜晚之间，有一个黑暗的世界，叫作傍晚。傍晚始于每天下午三点一刻，这是日班职员撤回起居室和晚班职员八卦我们的时刻。而后，从下午三点半开始，晚班职员便一一出现。权力移交完毕。此后，要一直等到晚上十一点，在那些令人惬意的女人来换班之前，我们都落到了麦克维尼太太的魔掌之中。

或许，正是因为麦克维尼太太的管辖，才让傍晚变成了一段危险的时光。不论冬夏，每天的傍晚都从三点十五分，她来到这里的那一刻开始。

麦克维尼太太是一个干瘪、紧绷、矮小的老太太，她的眼窝深陷，眼睛小而有神。如果威克医生是由古板的寄宿学校女舍监假扮的，那么麦克维尼太太就是一个毫无掩饰、不折不扣的女监狱长。她硬挺的灰色头发烫成小卷，紧贴在头皮上，这让她看上去就像一个偏头痛患者。日班的护士们，在瓦莱丽的带领下，只要将护士服随意地披在休闲服装外面就可以了。但这样不拘小节的打扮绝对不会出现在麦克维尼太太身上。她总是穿着一件已经陈旧但依然板正的制服，行动起来还会叽嘎作响；她脚下踩着波纹形橡胶底的轻软护士鞋，且每周都要用颜料涂白。从周一一直到周五，我们会看见那双鞋上的白色涂层绽裂，翘皮，最后剥落一地。

麦克维尼太太和瓦莱丽相处得并不融洽。这事儿实在太让人兴奋了，就像偷听父母吵架一样。当麦克维尼太太的目光投向瓦莱丽的衣着和头发时，眼睛里充满了跟她看到我们时一模一样的嫌弃；而当瓦莱丽在三点半拿着自己的外套和钱包离开护士站时，麦克维尼太太则会在一旁不耐烦地咔嗒咔嗒磨牙。瓦莱丽根本懒得理她。瓦莱丽总能以一种显著昭彰的方式表现出她懒得理谁。

瓦莱丽在病区当班时，我们可以心安理得地憎恶麦克维尼太太。然而当她高挑的圆锥形背影在走廊深处渐渐黯淡，并最终消失在那个有双重门锁的房间之后，我们都会被一种充满焦虑的忧郁情绪笼罩——现在是麦克维尼太太掌权的时间了。

她的权力不是绝对的，但也很接近了。她会与某个隐身于电话另一端的神秘医生分享这份权力，却从不让他现身。“我能搞定。”她总是这样说。

她对自己处理事务的能力有着强大的自信，比我们强大得多的自信。许多个傍晚，她都在和电话那端争论神秘医生是否需要现身。

“我们只需要求同存异。”这句话麦克维尼太太每个傍晚都会说上十遍。她脑子里好像存储了无数的陈腔滥调。

当麦克维尼太太在说“我们只需要求同存异”或“小人耳朵长”或“笑，全世界便与你同声笑；哭，你便独自哭”这样的句子时，一抹不易觉察却十分愉悦的笑容就会出现在她脸上。

显然，她是个疯子。我们每天都要和一个仇视我们的疯女人一起被关在这里度过八个小时。

麦克维尼太太的情绪可谓反复无常、难以捉摸。她会在分发睡前药物时毫无理由地板起脸对我们咆哮，然后一言不发地走进护士站砰地摔上门。我们得默默地等着，等她冷静下来，才会出来给我们分派安眠药酒。有时我们会等上半个小时。

每天早上我们都会去跟瓦莱丽抱怨麦克维尼太太，但我们从来不会说她让我们干等着吃不上药的事。我们知道麦克维尼太太是一个必须自己讨生活的疯子。我们并不想害得她被吊销执照，只是希望她从我们的病区消失。

瓦莱丽对我们的牢骚无动于衷。

“麦克维尼太太很专业，”她说，“她干这一行的时间可比我长得多。”

“那又怎样？”乔治娜说。

“她就是个他妈的疯子。”莉萨高叫道。

“别这么大喊大叫，莉萨，我还在这儿呢。”瓦莱丽说。

我们都在保护麦克维尼太太。想方设法，千方百计。

麦克维尼太太并不是唯一需要我们保护的人。

有时候我们的病区会迎来一群实习护士。她们不会留在这儿，最终会去手术室或者心脏护理室。只是她们选择了这所精神病院作为自己前往目的地的通道。她们总是一群人一齐跟在当班护士身边，叽叽喳喳地提问题，对自己的碍手碍脚浑然不觉。“哦，那个蒂法妮，她就像藤壶一样黏着我。”护士们往往满腹牢骚。于是我们终于逮到一个机会，可以这样对她们说：“烦死了，对吧？每时每刻都被人跟着。”护士们只好承认，在这个问题上我们说的没错。

实习护士差不多都十九岁二十岁，我们的同龄人。她们都有一张干净而热切的脸，穿着干净的烫得笔挺的制服。她们的天真无辜和不甚熟练常常唤起我们的同情心，但若要换成是助手的不甚熟练，只会招来我们的藐视和嘲笑。这种区别对待，部分原因是实习护士只会在这儿待几周，而助手会将她们的不甚熟练贯彻好几年。然而，最主要的是因为当我们看着实习护士的时候，就看到了另一个版本的自己。如果没有被当作精神病人关在这里，我们本该在外面的世界过着和她们一样的生活。她们合租一所公寓，和男孩们恋爱，聊着时下的新潮服装。我们想保护她们，让她们能好好过自己的生活。她们就是我们在那个世界的代言人。

她们也喜欢和我们闲聊。我们问她们看了什么电影、考试考得如何、什么时候结婚（她们中的大多数人都戴着简陋细小的订婚戒指）。她们会事无巨细地都告诉我们。有人的男朋友一直坚持要在婚前“做一做”，有人的妈妈是个酒鬼，以及有人今年的成绩评级不太好所以明年没有奖学金了。

我们则给她们一些中肯的建议。“用安全套”，“打电话向匿名戒酒会求助”，以及“下学期加把劲儿把评级提上来”。在不久的将来，她们都会回复我们：“你们是对的。非常感谢。”

她们在这里时，我们都竭力控制自己，尽量避免咆哮、絮语和撕扯。结果，作为精神科护士的一切她们都没学到。完成科室轮换实习之后，她们带走的是对改良版的我们的印象，介于她们所看到的我们呈现出来的所谓常态，和我们悲惨痛苦的自我之间的，改良版的我们。

对于我们中的某些人而言，这可能是最接近治愈的一段时光。

她们一旦离开，情况便马上跌落到比往常更糟的程度，护士们会忙得不可开交。

这就是我们这里的管理人员。作为这一切的发现者——我们必须成为自己的发现者。

一九六八

世界并未因我们的缺席而止步不前，反而变得更加遥不可及。每天晚上，我们都看着电视屏幕里那些小小的身影接二连三地倒下：黑人、年轻人、越南人、穷人。有的人就这么死了，有的人只是当时被重击。第二天晚上，又会有新的一群人接替前一天倒下的人继续抗争，继续倒下。

历史的车轮不断推进。接下来，轮到那些我们认识的人，不是有私交，只是听说过的人，倒下来了：马丁·路德·金，罗伯特·肯尼迪。这是否意味着局势越发紧张，更该担忧了？莉萨说这是很自然的结果。“他们是得杀了这些人，”她说，“否则事情永远得不到解决。”

但是事实上，事情似乎并没有得到解决。人们做着我们一直幻想做的和渴望做的事情：他们占领了大学并且取消了课程，他们用纸箱做成房子堆放在路中央，他们坚持反抗并对着警察吐舌头。

我们为他们欢呼，这些电视屏幕上的小人儿们，当他们人数激增时就会在镜头里迅速缩小，变成一堆占领着大学并吐出他们小小舌头的密集的点。我们想，或许他们最终会抽出时间来“解放”我们。“好样的！”我们会这样对他们喊。

我们一直以来的幻想和渴望中并不包括反击。在这所收费高昂、设施齐全的精神病院里，我们觉得是安全的。我们的愤怒和反叛都被牢牢地关在了这里。我们可以毫无顾忌地喊出“好样的！”，其后果最多就是被关一个下午的禁闭。而我们最常得到的回应，往往只是一个微笑，一次轻轻的摇头，或是治疗图表上的一行记录：“认同抗议运动。”他们被打破了脑袋，揍青了眼眶，踢爆了肾脏。然后，他们带着自己的愤怒和反叛被牢牢地关了起来。

日子就这样不紧不慢地过下去，战斗、暴动、游行日复一日地进行下去。这是一段让精神病院的管理人员们感到轻松的时光。我们不再搞出“过激行为”，相比之下，外面那些才是过激行为。

我们的确平静了，但并不止于此。我们还怀着某种期待。世界似乎就要来个大反转，曾经温顺的人们似乎就要继承这片土地了，或者说得更精确一点，就要从那些强势的人们手中夺回这片土地了。而我们，最温顺最弱势的我们，将会最终继承这笔曾经否定和拒绝了我们的巨大财产。

不过，一切并没有按照我们的期待发生。平静的我们没有成为继承者，那些向这笔财产索偿的人们也没有成为继承者。

当我们看到博比·西尔[1]被五花大绑并堵住嘴出现在芝加哥的某个法庭上时，我们意识到世界是不会改变的。他被铁链锁缚着，像一个奴隶。

这一幕让辛西娅特别沮丧。“他们也是这样对待我的。”她哭喊道。没错，当他们要对她进行电击治疗的时候，就会将她捆在床上，并往她嘴里塞上些东西，这是为了防止她在电击过程中出现抽搐反应而咬断自己的舌头。

莉萨也很生气，但她是为了另一个原因。“你看不出你们俩有什么区别吗？”她朝着辛西娅咆哮道，“他们堵上他的嘴，是害怕人们相信了他说的话。”

我们看着他，电视屏幕里一个被缚在铁链子里的小黑人，他有一样我们一直没有的东西：公信力。

①博比·西尔，美国黑人社团黑豹党的创始人之一。

光秃秃的骨头

对于我们中大多数人而言，这所精神病院既是一座监狱，也是一座庇护所。我们曾在外面那个世界惹是生非并乐在其中，现在它切断了我们与那个世界的联系，但同时也挡住了那些让我们发疯的要求和期待。我们都已经躲进疯人院了，还想指望我们什么呢？

精神病院庇护着我们，使我们得以远离这一类事情。我们可以让当班的职员推掉任何一通不想接的电话，回绝任何一个不想见的人的来访，包括我们的父母。

“我现在太烦乱太难受了。”我们会这样哀号，于是便不用去和人聊天了，无论他是谁。

我们一直这么烦乱难受的话，就一直不用去上学或是工作——只要我们乐意。在这里，除了要不断地吃药和不断地接受治疗，我们可以逃避一切。

我们通过一种奇怪的方法获得了自由。我们已经触到了底线。

我们再也没有什么可失去的了。我们的隐私，我们的自由，我们的尊严，这所有的一切都失去了。我们被一层层剥光只剩下一副光秃秃的骨头。

因为赤裸，我们需要保护，精神病院保护了我们。当然，是精神病院首先剥光了我们，但同时也使它有义务庇护我们。

精神病院很好地履行了义务。我们的家人必须为此花上一大笔钱：一天六十美元（你得想想一九六七年的物价），这是为我们的住宿、接受的常规治疗和吃的常规药物付钱。心理咨询需要另算。九十天是最常见的精神疾病保险范围，但在麦克林恩，九十天只是勉强算开了个头。我的病情检查和诊断就用了九十天。本该花在我的大学教育上的钱，全花在了住院治疗上，虽然我一点儿也不想上大学。

如果家里不再给我们付住院医疗费，我们就不能再待下去了，会被赤裸裸地扔回到那个我们本就无法适应不能生存的世界里。如何签支票，如何打电话，如何开窗户，如何锁好门，这不过是少数几项我们已经完全忘了该怎么做的事儿。

我们的家人，主流观点认为他们才是造成我们眼下被关在这里的原因，但如今他们却完全从我们的精神病院生活中消失了。其实我们很想知道，我们是不是也退出了他们在外面的生活？

疯子就好比指定击球员[①]。通常，一家人全都是疯子，但不

①指代替投手击球的选手，不参与防守，只参与进攻。

可能让全家人都住进精神病院，所以其中一个人被指定为疯子送了进来。然后，就得看剩下的人心情如何了。那个被指定的疯子是继续待在精神病院，还是再被抓出来，足以证明这家人的精神健康是否有问题。

大多数家庭都会努力证明：我们不是疯子，她才是疯子。这样的家庭会继续付钱。

但有一些家庭想要证明家里没有任何人是疯子，他们则是那种不断威胁将不再付费的人。

托里就摊上了这样一个家庭。

我们都很喜欢托里，因为她举手投足间有一种高贵的气质。她唯一的问题是对安非他命的依赖。她来自墨西哥，她在那里已经持续注射这种药物两年了。安非他命使她的脸色苍白，声音充满疲惫、有气无力，又或许，是因为她在这里无法再摄入安非他命才变成这样的。

托里是唯一一个受莉萨尊敬的人，大概是因为她们都是针管针头的超级玩家。

每隔几个月，托里的父母就会从墨西哥飞到波士顿来训斥她一番。她是个疯子，她把他们俩也弄疯了，她只是在装病，他们已经承担不起医疗费了，诸如此类的责备。他们走后，托里会用孱弱缓慢的声音将这些话转述给我们。

“然后，妈妈说：‘你让我变成了一个酒鬼。’而爸爸说：‘我看你是永远都离不开这个地方了。’他们交换了一下眼神之后，妈妈说：‘你什么都不是，你就是个瘾君子。’爸爸接着说：‘你倒是舒坦，我们却在受苦，我不会再付钱让你在这儿好过了。’”

“你干吗要见他们呢？”乔治娜问。

“哦。”托里说。

“这是他们表达爱的方式。”莉萨说道。她的父母从来没有联系过她。

护士们赞同莉萨的说法。她们告诉托里，明知父母只会扰乱她，她还是同意去见他们，是很成熟的表现。扰乱是护士们常用的词，她们用它来替换掉虐待。

托里并没有被扰乱。“我不介意被关在这地方，”她说，“这里能让我远离墨西哥，可以透口气。”在托里口中，墨西哥就像一个诅咒。

在墨西哥有一栋大房子，房子的前后各有一条门廊，有许多仆人在忙里忙外，那里每一天都阳光普照，那里的药店售卖着安非他命。

莉萨觉得那里听上去太棒了。

“那是死亡。”托里说，“在墨西哥的日子就是濒死的日子，而注射药物能让你觉得好像不会那么容易就死。仅此而已。”

有时候瓦莱丽或别的护士试图开导托里，她们想让她相信，就算不去药店买安非他命，她也能在墨西哥生活下去。

“你没有去过那儿。”托里最后只是这样说。

八月里的某一天，托里的父母打电话来宣称他们要把她接走。

"接我回家去死。"她说。

"我们不会让你走的。"乔治娜说。

"没错，"我说，"对吧，莉萨？"

莉萨没有做出任何承诺。"我们能做些什么呢？"

"什么也做不了。"托里说。

那天下午我问瓦莱丽："你们不会让托里的父母把她带回墨西哥的，对吗？"

"我们会在这里保护你们。"她说。

"这话是什么意思？"那天傍晚我问莉萨。

"什么鬼意思也没有。"莉萨说。

在接下来的一周里，我们没有再听到来自托里父母的只言片语。然后，他们打来了电话，说会在波士顿的机场等她过去。他们甚至不愿来精神病院一趟把她接回去。

"你可以在去机场的路上下车逃走，"莉萨说道，"随便往镇上什么地方跑都行，尽快找到地铁站搭地铁离开。"她是逃跑的老手了。

"可我一分钱都没有。"托里说。

我们拿出自己的钱凑了凑。乔治娜二十二美元，波莉十八美元，莉萨十二美元，我拿出了十五美元九十五美分。

"这些钱够你过几周了。"莉萨告诉她。

"就一周，或许。"托里说。但她看起来没那么颓丧了。她收下那些钱，将它们塞进内衣里。它们鼓起了很大一块。"谢谢。"

她说。

“你得找一个机会，”莉萨说，“你是准备待在这里还是离开这个小镇？我认为你应该立刻离开小镇。”

“去哪儿呢？”

“你在纽约有什么朋友吗？”乔治娜问道。

托里摇摇头：“我只认识你们，还认识一些墨西哥的瘾君子。就这样。”

“莉萨·科迪，”莉萨说，“她也是个瘾君子。她应该能帮你找个住的地方。”

“她可靠不住。”乔治娜说。

“她会把所有钱都花在毒品上。”我说。

“我可能也会这样。”托里指明了这一点。

“那可不一样，”莉萨说，“那是我们给你的钱。”

“别这样，”波莉说，“要是这样的话你还不如回墨西哥呢。”

“也是。”托里说。她似乎又一次陷入颓丧之中。

“怎么了？”莉萨问。

“我没那个胆量，”托里说，“我做不到。”

“你能做到。”莉萨说，“你只要趁着等红灯的时候打开车门迅速跑掉就行了。你只要把他妈的那些蠢货甩得远远的就行了。你能做到。”

“你能做到，”托里说，“可我不行。”

“你必须做到。”乔治娜说。

“我知道你能做到的。”波莉说。她伸出自己粉一块白一块的手放在托里瘦削的肩上。

我不太确定托里能否做到。

那天早上，两个护士在门口等着，准备送托里去机场。

“这就不好办了，”莉萨小声对我说，“两个人看着的话她跑不掉的。”

她决定搞点事来拖住一个人。这次闹事的关键在于，莉萨弄出的动静必须大得足以使相当数量的护士为之忙乱，这样才能保证只有一个护士抽得开身送托里去机场。

“他妈的这地方！”莉萨大叫道。她冲进走廊，开始噼噼砰砰一路又砸又摔那一溜儿房间的门。“吃屎去吧！”

成效卓著。瓦莱丽将进出护士站的那扇两截门的上半部分也关上了。在莉萨大喊大摔的那段时间里，她一直和剩下的护士在里面神秘地商议着什么。等她们再次出现时，几个护士呈扇形排开，摆出了清除障碍的队形。

“冷静下来，莉萨。”瓦莱丽说，“托里在哪儿？差不多该走了，我们走吧。”

莉萨暂停了她的闹事程序，犹豫了一下：“是你送她吗？”

我们都知道，没有人能够从瓦莱丽手中逃走。

瓦莱丽摇了摇头。“不是我。现在，冷静下来，莉萨。”

莉萨立刻又摔了一扇门。

“这样没用的。”瓦莱丽说，“你什么也阻止不了。”

“瓦莱丽，你保证过……”我开口道。

“托里在哪里？”瓦莱丽打断我，“我们先把这件事做完。”

“我在这儿。”托里出声回应道。她拎着一个手提箱，手臂不停颤抖，于是手提箱不断地撞击她的腿。

“好的。”瓦莱丽说。她把手伸进了护士站，拿出一只盛满药的杯子。“喝了它吧。”她说。

“这他妈的是什么东西？”莉萨已经走过了走廊的一半，随即停下来高声问道。

“为了让托里放松，”瓦莱丽说，“这是能让她不那么紧张的药。”

“我很放松。”托里说。

“喝完。”瓦莱丽说。

“别喝！”莉萨大喊着，“别这样，托里！”

托里仰起脖子喝光了。

“谢天谢地。”瓦莱丽喃喃自语道，“好了，没事了，就这样吧。”她也在发抖，“好了。再见，亲爱的托里，现在得说再见了。”

托里真的要走了。她就要坐上飞机回墨西哥了。

莉萨不再摔摔打打，她走回来和我们剩下的人站在一起。我们都站在护士站周围，看着托里。

“那是我猜的那种东西吗？”莉萨问瓦莱丽道。她将自己的脸逼近瓦莱丽的。“是氯丙嗪对吗？是那种东西吗？”

瓦莱丽没有回答，没必要回答。托里的眼睛已经开始熠熠闪烁。她朝着离开的方向踏出了一步，却摇摇晃晃失去了平衡。瓦莱丽扶住了她的手肘。

“现在没事了。”她对托里说。

“我知道。”托里说。她清了清嗓子，又说：“的确。”

负责送托里去机场的护士拎起手提箱，带着她穿过走廊，转过了那个有双重锁的门的房间。

然后我们便无事可做了。一个助手走进了托里的房间，开始换下她床上的被单。瓦莱丽回到了护士站里。莉萨砰地摔上了门。我们这些剩下的人在原地呆站了一会儿。而后我们都去看电视了，直到那个护士从机场回来。我们都默不作声，侧耳细听护士站有没有什么骚动，比如患者逃跑了的骚动。但是什么也没发生。

此后，那一天变得极其难熬。这种难熬跟我们身在何处无关，似乎每个地方都出了差错。电视房太热，起居室太怪异，护士站前面的地板也不是什么好地方。我和乔治娜试图待在房间里，可那里也让人烦躁生厌。每个房间好像都会产生回音，显得又大又空。而我们却对这一切无能为力。

午饭时间到了，今天的午餐是金枪鱼三明治。谁想吃这个？我们厌恶金枪鱼三明治。

午饭之后波莉说：“不如我们做个计划，在起居室待一个小时，再去护士站前面待一个小时，然后以此类推。至少是种安排。”

莉萨不感兴趣。我和乔治娜则决定尝试一下。

我们从起居室开始，每个人都咚的一下坐进一把黄色的塑料扶手椅。这是八月的一个星期六的下午两点，在贝尔蒙特的一个中等安全监禁的病区。陈年老旧的烟味，过季蒙尘的杂志，带绿色斑点的地毯，还有五把黄色的塑料扶手椅和一张靠背拱起变形的橘色沙发，这就是一间典型的疯人院的起居室，都无法让人误以为是别的什么房间。

我坐在黄色塑料扶手椅中，没有再去想托里的事。我看着自己的手，突然发现自己的手掌好像一只猴子的手。掌心交错着三根主要的掌纹，而握拳时手指卷握的动作让我想到人猿。如果展开五指，我的手看起来似乎更接近人类的手，所以我就伸展着手掌。但要保持五指张开的状态有点累人。过了一会儿，我便屈指让它们放松，然而猴爪的样子又回来了。

我赶紧将手掌翻转过来。可是手背也没好到哪儿去。或许因为那天实在太热了，我手背上的青筋鼓起，关节周围的皮肤满是皱纹而且松松垮垮。如果活动手掌，我就能看见手背上凸起的三根细骨，从手腕向着手指的第一节关节伸展。又或者它们根本不是骨头而是肌腱？我戳了戳其中一根，有弹性，所以应该是肌腱。在肌腱下面，应该就是骨头了。至少我希望是这样。

我又戳得深了一点，想要戳到骨头。它们太难找了。指关节骨很容易看到，但我想找到掌骨，连接了手腕和手指的长长的掌骨。

我开始变得有点焦躁。骨头去哪儿了？我将手伸进嘴里咬，想看看能不能嘎巴嘎巴地咬到什么硬邦邦的东西。可是牙齿咬下去，所有组织都滑开了。那里有神经纤维，有血管，有肌腱，但所有这些东西都无比滑腻、难以捉摸。

“该死。”我说道。

乔治娜和波莉并没有注意到我。

我开始抓挠我的手背。我打算揭起一层皮然后撕开，我就是想看看里面的样子。我想要确认我的手是正常人类的手，里面是有骨头的。我的手渐渐变得一块红一块白——就像波莉的手一样。但我还是没能掀开皮肤看到内里。

我再次把手放进嘴里，然后用牙咬。成功了！小指指关节附近冒出一团血，我的门牙割破了那里的皮肤。

“你他妈的在干什么？”乔治娜问道。

“我想看看这下面是什么。”我说。

“什么下面？”乔治娜看上去很生气。

“我的手掌。”我说着挥了挥手，血流淌下来，直流到手腕处。

“行了，住手吧。”她说。

“这是我的手掌。”我说道，也生气了。而且我的恐惧不安正在升级。哦，天哪，我想，里面竟然没有一根骨头，里面什么也没有。

“我有骨头吗？”我问她们，“我有骨头吗？你们觉得我有骨头吗？”我不断地问她们，停不下来。

“每个人都有骨头。”波莉说。

“但我有骨头吗？”

“你当然有。”乔治娜说。然后她跑出了这个房间。半分钟之后她回来了，和瓦莱丽一块儿。

“你看看她。”乔治娜指着我说道。

瓦莱丽看了我一眼，转身走了。

“我就是想看看它们，”我说，“我只是必须确认。”

“它们就在里面，我向你保证。”乔治娜说道。

“我没有安全感。”我突然说了这么一句话。

瓦莱丽端着满满一杯药回来了。

“瓦莱丽，我没有安全感。”我说。

“你先把这个喝了。”她把杯子递给我。

从药水的颜色看，我敢肯定就是氯丙嗪。我之前从未吃过这种药。我仰起脖子喝光了。

药水黏黏的、酸酸的，慢慢渗进胃里。但那滋味却一直停留在我的喉咙，我干咽了好几次。

“哦，瓦莱丽，”我说道，“你保证过……”下一刻我就被氯丙嗪击晕了。那感觉像是面对着一堵墙似的洪水，柔软但却强大。

“哇。”我叫出来。我已经听不清自己的声音了。我想要站起来，但当我这么做时，我发现自己正躺在地上。

瓦莱丽和乔治娜扶着我的手臂将我拉起来，一路架着我穿过走廊，把我送进房间。我的双腿和双脚好像变成了海绵垫子一样的东西，它们如此巨大又如此密实。瓦莱丽和乔治娜好像也变成了海绵垫子，两块又大又软的海绵垫子把我夹在中间。真舒服啊。

“一切都会好的，对吗？”我问道。我的声音离我很远，而且我说出的话也并不是我想要表达的意思。我真正想说的是我现在有安全感了，我现在真的疯了，我现在不会被任何人带走了。

麦克林恩精神病院

编号: 22201	姓名: 苏珊娜·凯森	SB Ⅱ

1967 年 8 月 9 日	**病程记录:** 该患者一直积极配合治疗，且康复状况很好。但上周末该患者出现了抑郁性反应，直到昨天才逐渐平静。发病时她正在听某张唱片，却忽然觉得自己似乎还是个青春期少女，并为自己没有一个令人满意的童年而感到害怕。她十分恐惧和焦虑，要求与候召医生通电话。她表达了对父母以及与父母缺乏沟通的恐惧，表达了对自己从小到大直到现在都无法做出令人满意的决定的恐惧，还表达了对其临床治疗师离开之后这段时间的恐惧。今天该患者依然非常焦虑，但并不紊乱，需要进一步的心理支持帮助她度过临床治疗师休假离岗的这段时间。让她最为沮丧和烦忧的是她的父母以及他们对她的不理解；她将这种困扰延伸到了与他人的关系中，认为所有人都不能理解她，也不值得信任。我和她详细地聊了聊关于“做决定”和“责任”这两个话题。将相关情绪宣泄出来之后，她感觉好多了。不过，由于她正在经历一个失去了治疗师的非常难受且吃力的时期，目前她依然需要我们给予某种程度的支持和保护。
1967 年 8 月 24 日	**病程记录:** 该患者于周六经历了一次长达六小时的人格解体症状的发作。她觉得自己不是一个真实的人，只是一层皮囊。她说她想割伤自己，来验证自己是否会流血，并进一步证明自己是一个真实的人。她还提出想拍一张全身 X 光照片，以确定自己体内是否有骨头。导致此次人格解体症状发作的突发诱因尚不明确。

牙医

那时我正坐在食堂里吃一块肉饼，忽然一种怪异的感觉从下巴里面传出。我的脸颊慢慢膨胀起来。等我回到病区的时候，半边脸上已经冒出了一个乒乓球。

“智齿的问题。”瓦莱丽说。

于是我们去找牙医做检查。

牙科诊疗室在行政大楼里，很久以前我曾默默地坐在那里，静静地等着被关起来。牙医个子很高，样子有点郁郁寡欢，而且脏兮兮的。他的白大褂上还残留着几点血斑，他的脸上长着像阴毛一样的髭须。他将手指伸进我的口腔为我做检查时，那手指的味道和耳屎没什么两样。

“已经脓肿了。”他说，“我会拔掉它的。”

“不要。”我说。

“不要什么？”他正将器械台拖过来。

“我不要，”我看着瓦莱丽，“我不会允许你这样做。”

瓦莱丽将目光转向窗外。“眼下能先用点抗生素控制发炎吗？”她问。

“能啊。”他说。他看了我一眼。我冲着他龇牙，用我剩下的牙齿。“好吧。”他说。

在我们回去的路上，瓦莱丽说：“你还挺明智的。”

这是长久以来，我第一次亲耳听到别人对我说的，可以理解为夸奖的话，明智。“那家伙就像个脓包。”我说。

“得先把感染的状况控制住。”瓦莱丽掏出钥匙打开病区的双扇门时这样自言自语。

用了青霉素以后，第一天，乒乓球变成了一颗弹珠。第二天，弹珠变成了一粒豌豆。但我的脸上起了疹子。而且我开始发烧，烫得厉害。

“不能再拖了。”瓦莱丽说，“另外，也不要再用青霉素了。”

“我不去。”我说。

“明天我带你去波士顿，找我的牙医给你看看。”她说。

大家都兴奋起来。“波士顿！”波莉举起布满棱脊疤痕的手摇晃起来，“你要穿什么衣服去呢？”“你可以去看一场午后演出，”乔治娜说，“还能一边看一边吃爆米花。”“去帮我搞点毒品回来吧。”莉萨说，“你去乔丹·马什购物中心附近找一个戴蓝色棒球帽的人……”“你可以趁等红灯的时候跳下汽车逃掉。”辛西娅说。“他的名字叫阿斯特罗。”莉萨接着说道。她比辛西娅要现实，她知道我是不会逃的。“他手里的黑美人卖得比较便宜。”

“我就像只花栗鼠，”我说，“什么也做不了。”

坐着出租车去看牙医的时候，我因为太过紧张而不敢抬头看一看窗外的波士顿。

“往后躺下去，然后默数到十。”牙医对我说。我还没数到四，便已坐起来了，口中那块牙龈上只剩下一个大洞。

“它到哪儿去了？”我问他。

他用镊子夹起我的牙齿，硕大的、带着血污的，像短刺一样尖，像陈皮一样皱。

但我问的是时间到哪儿去了。我在自己意识到之前就不省人事了。不知不觉中，他把我送到了未来的某个时间点上。而我不知道这段时间究竟发生了什么。“用了多长时间？”我问。

“哦，没什么，”他说道，“就只是伸进去再取出来而已。”

等于没说。“比如五秒钟？或者两分钟？”

他从椅子上站起来走开了。“瓦莱丽。”他叫道。

“我必须知道。”我说。

“二十四小时内不要喝热水。”他说。

“多长时间？”

“二十四小时。”

瓦莱丽走了进来，用公事公办的口吻说：“你起来吧，我们走。”

“我得知道花了多长时间，”我说，“可他不告诉我。”

她对我使了个令人畏缩的眼色。“并不长，我敢说。”

“这是我的时间！”我叫起来，“是我的时间啊，我必须知道到底有多久。”

牙医转了转眼珠。“我想你大概希望自行处理此事。”他说，然后离开了诊疗室。

“走吧，”瓦莱丽说，“别给我找麻烦了。”

“好吧。”我从牙医的治疗椅上下来，“我没有给你找麻烦，不管怎样。”

坐在回去的出租车里，瓦莱丽对我说：“我有东西要给你。”

是我的那颗牙齿，已经简单清洗过，但依然硕大，而且陌生。

“我悄悄偷出来给你的。”她说。

“谢谢你，瓦莱丽，你这样真贴心。”但我真正想要的不是那颗牙齿。“我只是想知道手术花了多长时间，”我说，“你能明白吗，瓦莱丽，我将一段时间弄丢了，因而我必须知道那是多长的一段时间。我必须知道。”

然后我哭了起来。我不想哭，但我忍不住。

加莱已经铭刻在我心中

黑板上出现了一个新名字：爱丽斯·加莱。

“我们来猜猜她是个什么样的人吧。”乔治娜说。

“某个新来的疯子。”莉萨说。

“她什么时候来？”我问瓦莱丽。

瓦莱丽伸手指了指走廊靠近大门的那一端。她已经在那儿了，爱丽斯·加莱。

她年纪不大，和我们差不多，而且看起来不怎么疯癫。我们相继从地板上站起来，走过去用尽量妥当的方式跟她打招呼。

“我是爱丽斯·加莱。”她说道。但她说成了加洛斯。

“加——莱？”乔治娜说道。

爱丽斯·加莱——加洛斯斜着眼看过来：“嗯？”

“你就叫她加洛斯吧。”我对乔治娜说。我觉得她这样暗示爱丽斯不会说自己的名字有点无礼。

“加——莱？”乔治娜又说了一遍。

这时瓦莱丽过来了，叫走了爱丽斯，带她去看她的房间。

“就像佛蒙特州，”我对乔治娜说，“我们也不会像法国人那样说成沃尔——蒙。”

“发音不清。”莉萨说。

爱丽斯·加莱——加洛斯很胆小，但她喜欢我们。她常常坐到我们旁边，安静地听我们聊天。莉萨觉得她令人厌烦，乔治娜则一直试图让她开口说话。

“你知道吗，你有一个法语名字，”她告诉爱丽斯，“加莱。”

“加洛斯，”爱丽斯说，“对吗？”

“嗯。那是一个法国的地名。一个非常有名的地方。”

“为什么？”

“那里以前属于英国，”乔治娜说，“法国的大部分领土都曾属于英国。不过，在百年战争中英国丧失了这些领地，加莱是最后一块失地。”

“一百年！”爱丽斯瞪圆了双眼。

爱丽斯很容易大惊小怪。她好像什么都不知道，什么都没见过。莉萨觉得她是个弱智。

一天早上，我们坐在厨房里吃涂了蜂蜜的吐司面包。

“那是什么？”爱丽斯问道。

“涂了蜂蜜的吐司面包。”

“我从没吃过蜂蜜。”爱丽斯说。

我们目瞪口呆。谁能想象一种局限到连蜂蜜都被排除在外的生活呢？

“从没吃过？”我问。

乔治娜递给她一片涂好蜂蜜的吐司。她在我们的注视下吃完。

“味道有点像蜜蜂。”她宣布。

“你这话是什么意思？”莉萨问。

“那种毛茸茸的、会蜇人的虫子，这个味道有点像蜜蜂。”

我咬了一口吐司面包。蜂蜜就是蜂蜜的味道，我想不到什么可以用来比拟的其他吃过的类似食物。

后来，等爱丽斯去做罗夏克墨迹测验了，我便问道：“一个从来没有吃过蜂蜜的人，到底来自什么样的家庭，而这个家庭还可以负担把她送到这里来的费用？”

“大概她是真的疯癫和可笑到了难以置信的程度，才迫使他们把她送到这里来缩减开支。”乔治娜说。

“我觉得未必。”莉萨说。

几周过去了，爱丽斯·加莱——加洛斯并未表现出很疯癫或很可笑的状态。就连乔治娜最后都厌烦她了。

“她什么都不知道，”乔治娜说，“她就像长这么大一直被关在壁橱里。”

“也许她真的是这样长大的，”莉萨说，“被关在壁橱里，就靠吃甜麦圈活着。”

“你是说她父母把她关在那里面养大？”我问。

“为什么不行，”莉萨说，“毕竟，他们给她取名为爱丽斯·加洛斯。”

这倒是姑且可以解释关于爱丽斯的那些匪夷所思的事情。一个月以后，爱丽斯像火山一样突然爆发了。

“那女孩身体里的能量太可怕了。”乔治娜这样评论道。在走廊的尽头，遥远的禁闭室里传出含混不清的轰隆声、撕裂般的叫喊声和几乎是毁坏性的猛烈撞击声。

第二天，我们坐在黑板下面的地板上，看见爱丽斯被两个护士从两侧架住，送去最高安全监禁病区了。她的整张脸因为长时间的哭泣和反复撞击，已经肿胀起来。她没有看我们一眼，已经完全被自己繁复杂乱的思维占据了，你能从她神经质似的斜视和不断翕动的嘴唇上看出这一点。

她的名字也很快从黑板上擦去了。

“我早猜到她会去那里安家。”莉萨说。

“我们应该去看看她。”乔治娜说。

护士们觉得我们去看望爱丽斯是个不错的提议。连莉萨也获得了走出病区的许可，能够去那里看看。他们或许是觉得在最高安全监禁之下，莉萨搞不出什么花样来。

从外面看，那里跟我们这里没什么区别。连多余的门都没有。但里面就不一样了。所有的窗户都像我们病区的窗户一样装着安全网，但这里的安全网前面还加装了一列横栏。栏杆比较细长，彼此间隔了几英寸，但它们依然是栏杆。这里的浴室没有门，卫生间的马桶没有座圈。

“为什么没有座圈？”我问莉萨。

“难道座圈可以扯下来当武器揍人？这个我也不知道。”

这里的护士站不像我们那里是开放式的，而是被一面铁丝网罩玻璃嵌护住。护士们要么待在里面，要么来到外面。在最高安全监禁病区里，没有可供护士斜倚着跟疯子聊天的两截门。

房间也算不上是真正的房间，而更像是一个个单人囚室。事实上，这里全都是禁闭室。里面除了一张光秃秃的床垫和坐在上面的疯人，什么也没有。和我们的禁闭室不同的是，这里的房间有窗户。但窗口十分窄小，位置也很高，而且依次装着铁丝网、安全网、横栏窗框。大多数房间的门都是开着的，因此在走过走廊去找爱丽斯的路上，我们看到了那些人倒在各自床垫上的样子。有的人全身赤裸地躺着；有的人并不在床垫上，而是站在角落里；有的人则蜷缩在墙面的夹角之中。

就是这样。这就是最高安全监禁病区的整体样貌。每个人一个光秃秃的窄小房间，每个人都蜷缩着待在某个角落里。

爱丽斯的房间里有股难闻的味道。房间的墙壁被抹上了什么脏东西。她自己也污迹斑斑。她坐在床垫上，用手臂环抱着双腿和双膝，手臂上也都是些污秽的东西。

“你好，爱丽斯。”乔治娜说。

“那是屎。”莉萨压低了嗓门对我说，“她把自己的屎涂在了周围。”

我们都站在外面，站在门口。因为难闻的气味，我们都不想走进房间。爱丽斯看上去像是另一个人。假如她换张面孔，我们一定不会知道她是谁。从某种程度上说，她看起来还不错。

“你在这里过得怎么样？”乔治娜问她。

“还好。”爱丽斯答道。她的嗓音嘶哑。“我的嗓子哑了，”她说，“我之前大吼大叫来着。”

“嗯。”乔治娜应了一声。

在接下来的一分钟里没有人再出声。

“我已经在好转了。”爱丽斯说。

“好。”乔治娜说。

莉萨伸出一只脚轻轻踩了踩那绿色的油毡地。我一直艰难地呼吸着，试图不去闻那股气味，快要憋晕了。

“那，”乔治娜说，“就这样吧。再见了，好吗？”

“谢谢你们来看我。”爱丽斯说。她的手臂放开了双膝几秒钟，向我们挥手。

我们回到了护士站，但送我们过来的护士去找她在这里认识的职员了。我们看不到她在哪儿。乔治娜敲了敲玻璃。里面值班的人看了我们一眼，冲我们摇了摇头。

“我就是想离开这儿。”我说。

乔治娜又敲了敲玻璃。“我们想回 SB Ⅱ病区。”她大声说道。

里面值班的人点了点头。但我们的护士并没有出现。

“也许我们被他们骗了，”莉萨说，“他们要把我们留在这儿。”

“这可不是开玩笑，一点都不好笑。”我说。

乔治娜再次砰砰地敲打着玻璃。

“我有办法。”莉萨说着从口袋里掏出打火机点了一支烟。

立刻有两名护士从护士站里冲了出来。

“把打火机交给我。”其中一个护士说。同时，另一个护士从莉萨手上夺走了那支烟。

莉萨笑了起来。“我们想找我们的护士，好回 SB Ⅱ病区。”

那两个护士进了护士站。

“最高安全监禁病区禁止明火，且只能在监督下吸烟。我就知道这样能让她们跳起来。”莉萨顺手摸出另一支烟，然后又放回了烟盒。

我们的护士出来了。“真是短暂的探望，”她说，“爱丽斯怎么样了？”

“她说她已经在好转了。”乔治娜说。

“她把屎……”我冲口而出，却无法继续描述下去。

我们的护士点了点头，“也不是什么稀罕事。”

我们回来了。病区的起居室依然丑陋。卧室里胡乱塞着桌子、椅子、毯子、枕头。一个助手正从护士站里探出身来跟波莉聊着什么。一支白色粉笔躺在黑板槽里，我们拿起它自己签上：“已回。”

“哦。”我说道。我已经叹了好几口气，似乎无法吸进足够的空气，亦不能呼出肺里的存气。

“不管怎么说，你们觉得在她身上到底发生了什么？”乔治娜说。

"的确有事。"莉萨说。

"满墙的屎，"我说，"哦，天哪。这种事不会发生在我们身上吧？"

"她说她已经在好转了。"乔治娜说。

"事情都是相对的，我想。"莉萨说。

"不会发生在我们身上吧，会吗？"我问道。

"别让它发生，"乔治娜说，"也别忘记它。"

真相的影子

我的精神分析师死了。他在成为我的精神分析师之前，是我的临床治疗师。我很喜欢他。他的诊疗室位于最高安全监禁住院部的一楼。从诊疗室的窗口往外望去，只有树木、清风和天空，是一幅让人感到安宁闲适的画面。我常常看着窗外陷入平静的沉默。在我们病区，这样的平静太稀少了。我只是看着那些树，什么也不说；而他只是看着我，什么也不说。这样的时光，让我有种被善待的惬意。

偶尔地，他也会说点什么。有一次，由于在病房里又打又闹地折腾了一整夜，我在他对面的椅子上坐下之后，就直接睡着了。

“你想和我睡觉。”他有点自夸地说。

我睁开眼睛，开始打量他：面色灰黄，已经开始谢顶，双眼下面挂着苍白的眼袋。我就算想要和谁睡觉，也不会是他。

不过，在大多数时间里，他还是不错的。毕竟，我可以只须在诊疗室里坐上一会儿，而不必费心解释、说明和交待自己，这能让我找回平静。

但他忍不住开始画蛇添足。他开始向我提问："你在想什么？"我一直不知道该就这个问题说点什么。在那个当下，我的脑袋已经放空，我很喜欢那种状态。而他则开始告诉我我可能在想什么。"你今天似乎有点难过。"他说，或者："今天，你看上去好像在为什么事情困惑。"

我当然是难过并困惑着。我如今十八岁，眼下正是春天，而我身陷囹圄。

最终，他说了太多对我的错误推测，使我忍无可忍非得开口纠正他不可，而这正是他一开始就想要的。他练就这招之后，让我有点恼怒。毕竟，我是什么感觉我自己知道，他什么都不知道。

他的名字叫梅尔文。为此我替他感到难过。

在从病区走到最高安全监禁住院大楼的路上，我常常能看到他也刚刚开着车到达诊疗室。通常，他开的是一辆装着木制假仪表板的旅行车；极少数时候，他会开来一辆有椭圆形车窗和乙烯车顶的时髦黑色别克；不过有一天，他开着一辆车头尖尖的绿色跑车从我身边呼啸而过，尖叫着冲进了他的停车位。

我在他的诊疗室外站定，不由得大笑起来。我好像借此在某种程度上看穿了他，这让我觉得很好玩。而且我迫不及待地想把我的发现告诉他。

等我们终于进了诊疗室，我问他："你有三辆车，对吗？"

他点了点头。

“一辆旅行车，一辆轿车，还有今天开的这辆跑车。”

他又点了点头。

“这就是你的心理人格！”我说道，兴奋极了，“你看，旅行车反映了你的自我，坚实强健、可信可靠；那辆轿车则像是你的超我，是你想要展示出来的自己，英武帅气，令人钦羡敬佩；而跑车对应的是你的本我，它狂野难驯、奔逸绝尘，会带给你冒险的激情和冲破禁忌的诱惑。”我看着他微笑，“是你新买的，对吗，这辆跑车？”

这一次他没有点头。

“你不觉得这很妙吗？”我问他，“三辆车刚好体现了你的三重心理人格，你不觉得这很妙吗？”

他什么也没说。

过了一会儿，他便开始纠缠不休地劝我接受精神分析治疗。

“我们目前毫无进展，”他说道，“我认为现在正是开始精神分析治疗的恰当时机。”

“为什么这样就会有所不同？”我想知道的是这个。

“我们目前毫无进展。”他又说了一遍。

在接下来的一两周内，他改变了策略。

“你是这所精神病院中唯一能够承受精神分析的人。”他这样对我说。

“是吗？为什么？”我并不相信他，但这个说法勾起了我的好奇心，让我十分感兴趣。

“只有人格整合程度相当不错的人，才可以接受精神分析治疗。”

走回病区的路上，我一直为自己被认为“人格整合程度相当不错”而振奋得意、沾沾自喜。但我没有告诉任何人，因为那会让我有自吹自擂的嫌疑。

如果我跟莉萨讲这件事，“因为我的人格整合程度相当不错，所以要开始接受梅尔文的精神分析治疗了”，她便会发出一种干呕的声音，然后说：“蠢货！他们什么话都说得出来！”我才不要干这种傻事。

不过我还是悄悄地保留了这个小秘密。他吹捧了我，他太懂我了，他知道我渴望被人恭维，而为了表达对他这番吹捧的感激，我默许了他的建议。

于是，在那之后，我的视野之内只有一堵墙，一堵灰白色的毫无特点的墙。再也没有风、树、天和光，再也没有梅尔文的目光，耐心注视着寂寞地望着窗外的我。尽管我仍然能感觉到他的存在，但我同时还能感觉到某种冰冷和生硬的氛围。他变得只说两个句型：“是吗？”“你能就此多说一点吗？”如果我说：“我不想盯着这堵该死的墙。”他就会说：“你能就此多说一点吗？”如果我说：“精神分析这破玩意儿真是烦死了。”他就会说：“是吗？”

有一次我问他：“为什么你变化这么大？我们曾经是朋友啊。”

“你能就此多说一点吗？”

那年十一月我开始接受精神分析治疗，当时正处于“组”这个特殊优待级别。一周五次，我得和一群病人一起被一个护士领着前往诊疗室做治疗。但大多数治疗师的诊疗室都在行政大楼里，是与最高安全监禁大楼完全相反的方向。因为必须遵循“组”这个级别的行动规则，我每次都像与极其迂回绕远的公交路线纠缠了一番才到达诊疗室。我发了几次牢骚，获得了“目的地特殊优待”。

此后，我的治疗以给护士站打电话报告我已经到达梅尔文的诊疗室开始，并以再次打电话告知我即将离开结束。

梅尔文十分看不惯这两通电话任务，每次我打电话的时候他总是斜着眼睛。桌上的电话就放在他手边，因此我每天都要让他把电话挪开再推给我。

或许他就此向有关医生抱怨过了，因为我很快获得了“全场自由行动”的特殊优待，虽然仅限于接受治疗的时段，但也是个值得高兴的事儿。至于治疗时段之外的时间，我还得在“组”这个级别的规定下活动。

就这样到了十二月，在我和乔治娜跟着其他人一起去食堂吃晚饭的路上，我发现了那些隧道。

我们常说哥伦布发现了美洲大陆以及牛顿发现了万有引力，好像美洲大陆和万有引力本不存在，直到哥伦布和牛顿察觉到蛛丝马迹才使它们最终现身。而这恰恰是那些隧道给我的感觉。对其他人来说，它们并不是什么新事物，我却有一种强烈的感觉：它们是由于我的召唤才存在的。

那是一个典型的波士顿十二月的日子，零星的小雨夹杂着单薄而潮湿的雪花从锡铁色的云朵中淅淅沥沥飘洒下来，吹面的寒风直叫人瑟缩着脖子。

“隧道。”那个护士说。

拐过那个有双重门锁的门的房间，像往常一样走下楼梯——我们的病区在二楼，这是为了增加安保系数。下楼之后，我们来到了一条两侧有很多门的过道里。其中有一扇门是通往外面的，那个护士开了另一扇门，让我们走下第二段楼梯。于是我们便进入隧道里了。

它们有一股好闻的气味，是一种像洗衣房一样的气味，干干净净、热气腾腾，还有一点电气化的味道，就像散发着暖意的电路系统。至于那里的温度，至少有二十六七度，而外面的气温只有零度左右，或许当寒风吹来时身体的感觉只有零下三度。（尽管在单纯无知的六十年代，风寒指数[1]如同数字时钟一样，还没有被发现。）隧道里有黄色的灯光闪烁，有铺着黄色瓷砖的长长的墙壁，有半圆的拱顶，还有分支繁复的岔道、曲折向前的弯道和我们尚未涉足的甬道。每一个黄色的通道入口都像是一张闪闪发光的大张着的嘴，召唤着我诱惑着我。黄色瓷砖的墙面上，到处都有用白色瓷砖拼贴嵌入的标识：东病房，行政科，食堂。

“这里太棒了。”我说道。

---

①人对气温和风的感觉程度。

“你之前难道没下来过吗？”乔治娜问。

我问护士：“整个精神病院的地下都是这些隧道吗？”

“对啊，”她说，“你可以通过它们到达精神病院的任何一个地方。只不过在这里很容易迷路。”

“这些标识没用吗？”

“标识远远不够。”她咯咯地笑着说。她叫露丝，是个随和的护士。“这个地方标着东病房，”她伸手指了指那行白瓷砖文字，“但进去以后再遇到岔道，就没有任何标识了。”

“那要怎么办？”

“你必须记住路线。”她说。

“我能独自下来待着吗？”我问。露丝说不行，我一点也不奇怪。

那些隧道令我着迷。

“谁有空能带我去隧道里吗？”从那以后，我每天都会这么问。大概一周能有一次，有人愿意带我下去。

然后我就能看到它们，置身于它们中间。它们也一直那样温暖，干净，黄澄澄的，让人充满希望。里面的供暖管道和输水管道，也一直一边永无止息地工作着，一边哼着歌谣吹着口哨，令隧道为之跳动。每一个部件都互相连通，每一样东西，无论它最终会延伸向何处，都有着独一无二的路径。

“我就像在一幅地图里，不是在看地图，而是就站在一幅地图里面。”有一天，当露丝带我下到隧道里来时，我这样对她说。“就像身在某个建筑物的平面设计图纸中，而不是建筑物本身。”她没有说话，我知道我应该停止这个话题，但最终还是没忍住：“这里，这些地下隧道，它们才像是这座精神病院的本体和实质，你明白我的意思吗？”

“时间到了。”露丝说，“十分钟后我就该去查房了。”

二月里的一天，我问梅尔文：“你知道那些地下隧道吗？”

“你能多说一点吗，关于那些地下隧道？”

看来他不知道它们。要是他知道的话，他就会说：“是吗？”

“整个精神病院的地下，有一大片错综复杂的隧道系统。每个地方都由隧道连通。你可以通过隧道前往这所精神病院的任何地方。那里面非常温暖、舒适并且安静。”

“那是子宫的象征。”梅尔文说。

“那不是子宫。”我说。

“是吗。”

当梅尔文说“是吗”而不带疑问语调的时候，他的意思其实是“不对，就是这样”。

“跟子宫恰恰相反。”我说道，“在子宫里，你哪儿也去不了。”我绞尽脑汁，想着怎么向梅尔文说明那些隧道，“这家精神病院才是子宫。你明白吗？住在这里的人哪儿也不能去。并且这里时刻都吵吵嚷嚷的，而你被困在了这里。但那些隧道像是一个没有这些限制和烦扰的精神病院。”

他没有说话，我也没有说话。随后，我想到了另一个比喻。

“你记得那个有关洞穴岩壁上的影子的理论吗？”

“是吗。”

他不记得。“柏拉图认为这个世界上的所有事物，都是我们无法看到的真相的影子。而真相跟我们看到的影子有很大的不同，那是一种本质的东西，就好比……”我想不出来好比什么，停顿了一分钟，“就好比一张超级餐桌。”

“你能就此多说一点吗？”

超级餐桌并不是个好例子。“就像某种神经症一样。”我说，尽力弥补刚才的举例失误，“好比当你感到愤怒，这是真相，但你表现出来的则是怕狗，你害怕狗会来咬你。这种恐惧的本质真相其实是你有一种去咬其他人的冲动。明白了吗？”

现在我终于说出来了。我觉得这番话太有说服力了。

“你为什么感到愤怒呢？”梅尔文问道。

他很年轻就死了，死于脑中风。我是他运用精神分析进行治疗的第一个患者。退出治疗之后，我才知道这一点。我离开精神病院一年以后才退出治疗。我终于受够了，将真相的影子搅得乱七八糟的这一切。

有污点的人生

精神病院有一个地址：米尔街 115 号。如果被关在医院时，有人恢复得不错，可以找份工作以待出院后解决生计，这个地址就作为某种掩护出现在求职信上，而不必直接写明“麦克林恩精神病院”。不过，这个地址带给我们的保护效果，也就和“宾夕法尼亚大街 1600 号”差不多。

“让我看看，十九周岁，住址是宾夕法尼亚大街 1600 号。哇，那里是白宫！”

我们就这样在未来的雇主们那里留下了第一印象，只不过不是什么好印象。

在马萨诸塞州，米尔街 115 号是个有名的地址。求职、租房、考驾照，都会因这个地址变成难题。驾照的申请表格上甚至会问：是否有精神病院住院治疗史？哦，没有，我只是太爱贝尔蒙特这个小镇，所以才决定搬到米尔街 115 号居住的。

“你住在米尔街 115 号？”我在向一家开在哈佛广场的裁缝

店求职的时候，矮小店主仰起他那张终日待在地窖里才会有的灰白色的脸，向我发问。

“呃……嗯。”

“你在那里住了多久了？”

“哦，有一阵子了。”我做了一个表示已经过去了的手势。

“那么我猜你也有一阵子没有工作了吧？”他将身子向后靠，十分得意于自己的机警问话。

“嗯，是的。”我说，“我一直在思考一些事情。”

我没能得到那份工作。

起身离开裁缝店的时候，我看了他一眼，他也正好向我投来一瞥，眼神意味深长，有一种令我畏缩的隐秘的暧昧。我知道你是什么样的人，他的眼神这样说。

我们究竟是什么样的人，可以在如此短暂的时间内就被他们看透？

我们也许已经变得比以前好了，比进入精神病院以前，至少我们变得比以前更成熟，也更有自知之明。我们中有许多人在精神病院度过了好几年大喊大叫、肆意捣乱的时光，我们已经准备好要迈向人生的另一个阶段。我们珍贵的自由都曾遭到减损，我们都从中学到了教训。如今，为了重获自由并一直保有自由之身，我们愿意做任何事。

可问题在于，我们能做什么？

我们能不能每天清晨起床，迅速淋完浴穿好衣，然后赶去上班？我们能不能用快捷直接的方式想问题，而不是在细枝末节上纠缠不休？当某种疯魔的秉性再次找上门来，我们能不能控制住自己，不要说出不合时宜的疯话？

我们中有一些人能，也有一些人不能。然而，用这个世界的话来说，我们的人生都有污点。

某种对疯病或许会突然发作的小小幻想永远在我们的脑中打转：那种事会发生在我们身上吗？这种糟糕状况发生的可能性越低，我们就越放松无惧地去想象这种状况。因此，一个完全不会自言自语或眼神放空的人，其实远比一个会时不时陷入这种状态的人更值得担忧和警惕。那些行为如此“正常”的人，会引发一个让人窘迫的问题：你是疯子，举止却如此正常，那我跟疯子到底有什么区别？从这个问题又可以引申出另一个问题：为什么你会被关进疯人院而我不用呢？这种现象说明了，有一个普通的人生污点也不完全是件坏事。

有的人更是比一般人还要害怕我们。

“你在疯人院里待了快两年！你到底为什么会进去？我无法相信！”翻译过来就是：如果你是疯子，那么我也该是疯子，但我不是，所以这整件事情必然是错误的。

“你在疯人院里待了快两年？你究竟怎么了？”翻译过来就是：我需要知道疯子犯病的具体情况，这样我才好确定自己不是疯子。

“你在疯人院里待了快两年？嗯……什么时候出来的，准确地说？”翻译过来就是：你这个毛病会传染吗？

我不再跟人们谈论这些事。跟他们谈论这些事对我来说毫无裨益。我对此缄口不言的时间越长，它就离我越远。渐渐地，那个曾在疯人院待过的我变成了一个微小的污点，而那个对此默不作声的我则变得强壮且忙碌起来。

我也还是能感觉到突然想要发作的冲动。作为一个和精神病打过交道的人，我有非常灵敏的鼻子，能嗅到他们的存在。但我不想和他们扯上任何关系。目前我还没有。而对于他们提出的可怕的问题，我无法给出一个让他们安心的答案。

不要问我这样的问题！不要问我生命的意义是什么，或者我们是如何分辨现实与虚幻的，又或者为什么我们要经受那样的际遇。不要跟我谈论当万事万物都变得不真实时是什么感觉，也不要跟我谈论当万事万物都被蒙上了一层在太阳之下显得油光锃亮的明胶时又是什么感觉。我不想再听到什么角落里的猛虎，或者死亡天使，又或者施洗约翰打来的电话。他也许会给我打电话，但我不会接的。

如果我曾经用某种激烈的方式叛逆过，那么当初那个疯狂的我如今已然远去了。但如果你从来没有叛逆过，那个疯狂的你会悄无声息地远离吗，或者说会离你有多远呢？你一旦发作，又将是一场怎样深重的灾难呢？

9 月 4 日，1968 年

新英格兰电话有限公司
富兰克林大街 165 号
波士顿，马萨诸塞州

关于：苏珊娜 · N · 凯森小姐
卡伦德街 ■■■■ 号
马萨诸塞州剑桥市

先生：

这封信是为了告知您，苏珊娜 · N · 凯森小姐曾于 1967 年 4 月 27 日起作为我院患者，由我负责对其精神疾病进行照顾和治疗。她将于近期出院，并居住于上述地址。如果我们能就此进行电话沟通，我相信这将对凯森小姐的身心健康产生极为重要的影响。因此，我急切地盼望您能尽早打来电话，尽可能地为她提供帮助。

我知道近年来发生的罢工抗议活动使得公司经历过并可能还处在一个艰难的时期，我很高兴看到这段时期已近结束。对于您可能为凯森小姐提供的任何帮助，我再次表示无尽的感谢。

真诚的，
■■■■ 医学博士
SB Ⅱ病区责任医生

1973 年 7 月 10 日

注册登记处
斯普林街 40 号
马萨诸塞州沃特敦市 02172

尊敬的先生：

苏珊娜・怀利（凯森）太太曾于 1967 年 4 月 27 日进入麦克林恩精神病院住院治疗，并于 1968 年 10 月 4 日出院。此后，她结了婚，也在某个岗位上认真负责地工作。她于 1969 年 1 月 3 日经本院鉴定痊愈，完全出院，不必再到院复诊，我们认为此后已经没有理由禁止她驾驶机动车。

如果您尚有不明事宜，敬请来电。

█████ 医学博士
█████ 医生
（苏珊娜・怀利签名）

牙医新领域

我的长达一年半的刑期即将结束，现在是时候计划未来了。我已经快要二十岁了。

此前的人生中我打过两份工：卖过三个月美食家厨具，经手的大部分厨具都被我摔坏了；还在哈佛大学的财务办公室干过一周打字员的活儿，错把金额为 1900 美元的账单打成 10900 美元发了出去，把学生们吓得半死。

之所以会犯这样的错误，是因为某个监理员恐吓了我。监理员是个优雅而有魅力的黑人，整天都在成排成列的打字员中间穿梭巡逻，监督我们工作。他走来走去的时候总是叼着根烟。但我要是也摸出一根烟来点上，他就会马上扑过来。

“不准抽烟。”他说。

“但你就在抽啊。”

“打字员是不允许抽烟的。”

我扫了一眼整个房间，所有打字员都是女人，所有监理员都是男人。所有监理员都在抽烟，所有打字员都没有抽烟。

每天的十点五十是休息时间，这个时段，卫生间里总是挤满了抽烟的打字员。

“我们不能去走廊里抽吗？”我问道。卫生间外面就有一个烟灰缸。

我们不能。我们必须待在卫生间里抽烟。

另一个让人头疼的问题是穿着。

“不准穿迷你短裙。”监理员说。

这可让我傻了眼，因为我只有迷你短裙，而且目前还没领到薪水。“为什么？”我问。

“不准穿迷你短裙。”他又重复了一遍。

我冲进卫生间迅速抽了几口烟。

“非休息时间不准抽烟。”下一圈巡逻经过我桌边的时候，他低声对我说。

就在这个时候，我犯下了那个高额的错误。

周四，我被叫到了他的办公桌前。他坐在那里，抽着烟。

“你犯了一些错误，”他说，“我们不允许这样的错误发生。”

“如果我能抽烟，”我说，“就不会犯那么多错误了。”

他只是摇了摇头。

周五我没有去上班。我连请假电话也没打。我躺在床上抽着烟，想着办公室里的事,越想越觉得荒谬。我没法遵守那些可笑的规定。想着那些打字员挤在卫生间里抽着烟的样子，我笑了出来。

这就是我做过的工作。除了荒谬，我还知道了自己是一个无法遵守规定的人。尽管其他人都能接受这些规定。

这会不会就是我变疯的征兆之一?

那个周末我都在思考这个问题:我这样正常吗，还是我疯了?在一九六七年，这是个很难回答的问题。然而在二十五年以后，这仍然是个很难回答的问题。

性别歧视，这是不折不扣的性别歧视！这能成为问题的答案吗?

没错，是性别歧视。但我依然无法遵守有关抽烟的一切规定。如今，我们有了“抽烟主义”的说法。这也是我成为作家的一个原因，让我可以安安静静、不被叨扰地抽会儿烟。

“当个作家。”当社会服务人员问我出院后打算做什么时，我这样告诉她，“我想要当个作家。”

“是个不错的爱好，不过你准备靠什么为生呢？”

我和这位社会服务人员彼此看不顺眼。我不喜欢她，是因为她不能理解这就是我，我准备成为一个作家，我不想去录入什么学期账单或是去贩卖什么焗饭碗或是去做此类愚蠢到家的工作。她不喜欢我，是因为她觉得我如此傲慢嚣张不肯配合，甚至可能依然疯病未愈，却坚持要去当个作家。

“去做个牙科技师吧。”她说，“这是宣讲会的入场券。只需要一年的专业培训就够了。我想你一定能干好这份工作。”

“你什么都不懂。”我说。

"不，是你什么都不懂。"她说。

"我讨厌牙医。"

"这么好的工作，环境又清洁。你必须现实一点。"

"瓦莱丽，"我回到病区后对瓦莱丽说，"她让我去做个牙科技师。这绝对不可能。"

"哦？"看来瓦莱丽也不能理解。"不错啊。挺好的工作，环境又清洁。"

幸运的是，很快，就有人向我求婚，于是他们就放我出院了。在一九六八年，求婚是每个人都能理解的事。

未来的样貌

那一年的圣诞节，我在剑桥市。家住纽约和俄勒冈州却去了哈佛大学的学生，与家住剑桥市却去了哥伦比亚大学或里德学院的学生，交换了住处。每年圣诞假期，这种情节都会走马灯似的重复上演。

那年圣诞节，我一个朋友的哥哥约我去看了场电影。当时我们并不知道，他，我的那位朋友，在大概两年以后会死于非命；而去看电影的那天，我会遇到我未来的丈夫，我的婚礼也在大概两年以后举行。

我们是在布拉特尔剧院门前相遇的，当时正在上演《天堂的孩子》。那是黄昏时分，在明亮而干燥的十二月的空气里，四处闪烁着节日的彩灯，街上购物的人们沉浸在圣诞节的欢乐气氛中。须臾之间，天空中飘起了纤薄的雪花，些微雪片落在了我未来丈夫的金发上，整个剑桥市让人恍惚觉得置身于天堂。他与我那注定将死的朋友的哥哥曾是高中同学。他是从里德学院回家来度圣诞假期的。

在剧院包厢里，我坐在他们两人中间。包厢里可以吸烟。电影银幕上，巴普蒂斯特眼睁睁地看着挚爱的加朗斯消失在了人潮之中，而在那之前不久，我未来的丈夫便拉过我的手握在手心里。直到我们走出剧院，他依然那样握着。我朋友的哥哥适时而巧妙地离开了，留下我和他，在那个雪花飞旋的剑桥市的夜晚。

他不让我离开。我们都还沉浸在电影忧伤唯美的情绪里，而那天夜里的剑桥市很美，年少的我们情致盎然，充满了各种可能性。我们一起度过了那个夜晚，在他向朋友借来的一间公寓里。

后来，他回了里德学院，我则继续回去卖压蒜器和平底锅。再后来，我被猝不及防的命运合围，忘记了他。

他却没有忘记我。某年的春天，他毕业后回到剑桥市，开始四处打听我的下落，一直找到精神病院来。他要去巴黎过夏天，他告诉我，但他会给我写信。他说他不会忘记的。

我并没有将这件事放在心上。他在他的世界里前程远大，而我在我的世界里没有未来。

当他从巴黎回来的时候，我的一切都变得很糟糕：托里被带走了，我为自己到底有没有骨头困惑不已，为在牙医的治疗椅上莫名其妙丢失的时间焦虑。我不想见他。我告诉病区的职员我太难受了。

“我做不到！我太难受了。”

我们改成了打电话，不必见面。他就要搬到安娜堡了。这对我来说无所谓。

他不喜欢安娜堡。八个月以后，他回来了，想要再见我一面。

这一次，我的状况并不坏，而且已经处于很高的特殊优待等级。我和他出去看了场电影，我们在他的公寓里做饭，然后一起看了傍晚的七点档新闻里当天的死亡人数统计。夜里十一点半，我叫了一辆出租车回到了精神病院。

夏天快要结束的时候，有人在一个电梯井的井底发现了我那位朋友的尸体。那年的夏天十分炎热，尸体已经部分腐烂。我的朋友的未来就在那里终止了，在一个夏日的井底。

九月里的一天，我很早就回了精神病院，十一点之前。莉萨正和乔治娜一起坐在我们的房间里。

"他今晚向我求婚了。"我说。

"你说什么？"乔治娜问。

"他今晚向我求婚了。"我说。这是我第二次说出这句话，竟然会比第一次更让我觉得神奇。

"那他，"乔治娜说，"你怎么回答的？"

"我说我愿意。"我说。

"你想和他结婚？"莉萨问。

"我肯定。"我说。虽然我并不能完全肯定。

"然后呢？"乔治娜说。

"什么意思？"

"然后要怎么办，接下来会怎样，你们结婚之后？"

“我不知道，”我说，“我还没有想过。”

“你最好想想。”莉萨说。

我试着想了想。我闭上眼睛，想象我们在厨房里，切菜，搅拌。想象我们去参加那位朋友的葬礼。想象我们一起去看电影。

“什么也想不出来。”我说，“太平静了。就像……我也说不明白，就像落下了悬崖。”我笑起来，“我想大概等我结婚之后，我的人生就终结了。”

事实上没有终结。婚后的日子也没有平静。而且最终，我失去了他。是我离开了他，就像加朗斯将自己隐没在人潮中离开了巴普蒂斯特一样。我需要一个人待着，我只是这么觉得。我希望可以独自走向我的未来。

心智 vs. 大脑

不论我们管它叫什么，心智，性格，或是灵魂，我们都倾向于相信我们拥有某种高于人体神经元并“驱动着”我们的东西。

不过，很多心智活动，其实都可以用大脑内部发生的变化来解释。所谓记忆，就是我们脑中特定位置的细胞变化形成的特定图像。所谓情绪，就是我们脑中的神经传递素相互混合而产生的反应。举例来说，如果你大脑中有过多的乙酰胆碱，而血清素却不足，你就会感到抑郁。

那么，还要心智做什么呢？

从血清素不足到你觉得这个世界“陈腐过时、单调无趣，做什么事都是徒劳的”，会经过一段很长的时间。这段时间可能比你写出一个关于被抑郁症纠缠的男人的剧本还要长。这段时间就是心智可以派上用场的时间。脑神经不能顺利活动而发出的不流畅的咔嗒声，就是需要心智来阐释的东西。

但这位阐释者一定要这么深奥抽象而不能具象一点吗？它就

不能用一组数字，哪怕是一组庞大的数字，来解释大脑的并行工作功能？如果大脑中那些同时发生，并构成了思维的微小活动能够被识别，如果人们能够画出整个脑神经元活动方式的网际网络地图，那么“心智”就是看得见摸得着的。

然而这位阐释者深信自己是无形的和不可绘制的。“我是你的心智啊。”它声明道，“你不能把我解析成一堆树突和突触。”

它总是发出各种声明和推理。“你有点抑郁，都是因为工作压力过大。”它会这样说。（它从来不会说：“你有点抑郁，是因为你的血清素水平下降了。”）

有时它的解释并不可靠，比如当你切断了自己的手指时它会叫嚣：“你就快死了！”有时它的声明不大现实，比如它会说：“二十五块巧克力脆片曲奇就会是一顿完美的晚餐。”

可是，往往，它并不知道自己在说什么。当你认为它的说法是错误的，又是谁或者是什么在下这个结论？难道是第二个，更高级的阐释者？

干吗停在第二个阐释者？这正是这一模型的问题。它们无穷无尽。而每一个阐释者都要向它们的上级做报告。

不过，这一模型毕竟描述出了我们都曾体验过的意识活动的某种脾性。当一个想法冒出来，紧接着就会产生一个针对前一想法的想法。而前后两者不会是一样的。它们一定反映了大脑功能中一些非常不同的方面和形态。

重点在于，我们的大脑会跟自己交谈，而且会通过这种交谈，改变原有的认知和看法。现在，让我们换一个角度来看看这种并非全盘皆错的模式，将第一个阐释者想象成一个外国记者，它要对它所在的世界做报道。而所谓世界，在这一层面上，意味着人体内外的每件事物，包括大脑中的血清素水平。第二个阐释者则是另一个新闻分析，它负责写专栏文章。它们读了彼此的文章，一个需要数据，另一个需要概观论述，于是它们互相影响、适当调整。它们会有如下对话。

阐释者一：左脚有点疼，脚后跟后面疼。

阐释者二：我想可能是因为鞋子太紧了。

阐释者一：确认过了。脱掉鞋子之后，脚依然很疼。

阐释者二：看过那个部位了吗？

阐释者一：正看着呢。已经红了。

阐释者二：没流血吧？

阐释者一：没流。

阐释者二：那就别管了。

阐释者一：好吧。

虽然只过了一分钟，有人又发起了一次报告。

阐释者一：左脚有点疼，脚后跟后面疼。

阐释者二：我已经知道了。

阐释者一：还是很疼。现在肿起来了。

阐释者二：只不过是一个水泡。别管它就行了。

阐释者一：好吧。

两分钟过后。

阐释者二：别去戳它！

阐释者一：把它弄破之后会感觉好一些。

阐释者二：那只是你的想法而已。别去动它。

阐释者一：好吧。但是它依然很疼。

之所以会有精神病，看起来，就是因为两个阐释者不能妥善沟通。

下面展现的是一个典型的混乱状态。

阐释者一：角落里有一只老虎。

阐释者二：不对，那不是什么老虎，只是一个衣柜。

阐释者一：那是老虎，那是老虎！

阐释者二：别犯傻了。我们过去看看得了。

然后，所有的树突、神经元、血清素水平还有阐释者们都鼓起勇气、打起精神向那个角落小跑过去。

如果你没有疯掉，那么第二个阐释者的结论“那只是一个衣柜”将会被第一个阐释者接受。而如果你是个疯子，那么第一个阐释者的观点“那是老虎”将会占上风。

这里的麻烦在于，第一个阐释者真的看到了一只老虎。神经元之间传递的信息或许会莫名其妙地出错，被触发的化学物质可能不是原本应该被触发的那一种，又或者是脉冲信号传输到了错误的神经连接上。显然，这种事情常常发生。而现在第二个阐释者跳了进来，要改正这一切。

不妨假想一下，你坐在火车里，火车停靠在车站，而旁边正好停着另一辆火车。当旁边的火车开动起来，你几乎确信是你坐的火车开动了。旁边的火车发出哐啷哐啷的声音，也让你误以为是自己坐的火车发出的。而且你看见自己的火车在移动，而旁边的火车越退越远。这种感觉可能会持续一会儿，甚至需要半分钟，然后第二个阐释者对第一个阐释者的见解进行整理之后，纠正了关于哪辆火车开动了的谬误。这种体验常常会有，是因为对我们而言，要抵制感官直接传来的信息太难了。人本来就被设计成了会信任感官的生物。

不过，火车相对运动的情形跟幻觉还不太一样。产生幻觉的人的确能看到两个真实的形象。并不是说你看到的花瓶是错误的，而你看到的面孔就是正确的。它们都是正确的。你的大脑在两个清晰可辨而又完全不同的图像之间徘徊，它们是现实存在的图像。或许你会在花瓶和面孔之间来回确认最终搞晕自己，但你绝对无法像分辨现实中哪辆火车开动了那样，消磨或撼动这两个出自内在的影像中任何一个的鲜活感和真实感。

有的时候，当你发觉自己坐的火车并没有真正开动时，可能还会花上半分钟来质疑这两片意识领域。在一片意识领域里，你知道自己并没有动；而在另一片意识领域里，你感到自己动了。你会在这两种认知情境里反复跳进跳出，或许还会体验到某种精神上的眩晕。如果你真的经历了这个过程，你就已经踏在疯狂的地面上了，在那里，所有的虚假形象都贴着现实的认证标志。

弗洛伊德说过，无法对精神病患者实施精神分析，因为他们无法分辨出幻觉和现实（老虎 vs. 衣柜）；而这种准确的分辨，是精神分析有效工作的基础。患者必须将第一个阐释者通常给出的不切实际的结论推翻，再以第二个阐释者的眼光细细审察。如果第二个阐释者具有或能通过学习后具有相应的智慧和洞察力，足以反驳第一个阐释者经年累月不断做出的荒唐断言，那么患者就有被治愈的希望。

现在你应该明白了，为什么质疑自己的疯狂认知，会被认为是个好现象，从某种程度上来说，这是第二个阐释者在敲打和撼动原有的认知。这到底是怎么回事？第二个阐释者在这样发问。它告诉我那里有只老虎，但我并不认为真是这样；或许我出了什么毛病。在这里，合理的怀疑为“现实感”创造了一个立足点。

没有怀疑，则无分析。然而，当前的现状是，当患者进入诊疗室想要聊聊老虎和衣柜的时候，迎接他的不是诊疗椅，而是氯丙嗪。

在那一刻，当治疗师开出氯丙嗪的时候，他脑中精神疾病的地图到底发生了什么变化？早期治疗师将人的心智地图划分为超我、自我和本我三大区域，这三大板块的每一部分都被他们画满了弯弯曲曲或是支离破碎的线条。那种治疗师治疗的才是他们称之为灵魂或者心智的东西。而如今风云突变，治疗师都摆开阵势想要治疗一个大脑了。这个大脑在治疗师眼中并无灵魂之类的样貌，就算它有，那也不再是问题的根源了。这个大脑的问题在于化学物质和电子脉冲的紊乱。

“是现实检验功能受损的问题。”治疗师说道，“这个大脑已经被现实与幻象搞乱了，所以我不能对其进行精神分析。其他的大脑，呃，心智，则不在此列。”

这是有问题的。你不能在想吃水果的时候就叫它苹果，不想吃的时候就叫它蒲公英。不管你想不想吃，它都是同一种水果。在这种任性的对待下，一个能分清现实和幻象的大脑与一个分不清的大脑，又有多鲜明、多显著的区别呢？难道一个无现实认知的大脑与一个有现实认知的大脑的差距，真的有云泥之别吗？当然不是。识别出公认的所谓现实影像，不过是大脑上亿种功能的其中一种罢了。

如果生物化学家能够展示出神经元（在恐怖发作时，或是在难以感受到生活的快乐的状态下）的物理运动变量，如果他们能够精确地找出人在产生这类感觉时大脑中触发的化学物质、电子脉冲、脑际活动和信息变化，那是不是意味着精神分析师们就该收拾起他们的“本我”“自我”从这片领域退出了？

事实上，他们在这片领域上已经处于半退休状态了。抑郁症、躁郁症、精神分裂症——这些他们总也治不好的精神疾病，现在都改用药物了。吃两粒碳酸锂片吧，别在早晨给我打电话。这毛病没什么可说的，都是天生的。努力配合治疗，尤其是你的大脑做出的配合，在这里才是有用的。

近一百年来，精神分析师们写了很多专栏文章，讲述一个他们从未涉足的国度。那个国家，就好像中国，曾经闭关锁国、不露真容。忽然有一天，那个国家开放了边境，于是许多外国记者涌了进去，神经生物学家们每周都要发表十篇文章，文章里列满了数据，都是对这个国度的深度研究。但是，这两队专栏作家并没有拜读过对方的文章。

这是因为，精神分析师们描述的是一个被他们称作“心智”的国度，而神经生物学家们研究的是被他们称作“大脑”的领域。

麦克林恩精神病院

编号: 22201　　　　姓名: 苏珊娜·凯森

1968年9月4日	**离院访客摘要:** **G. 正式诊断:** 精神分裂反应、偏执型人格类型（边缘型人格障碍）的症状，近期有所缓解。 患者目前处在被动型人格障碍（被动—依赖型）状态下。

苏珊娜·N·凯森
编号: 22201

病例报告

预后: 住院治疗使患者的抑郁症状和自杀倾向均有所消退。人格的整合和自我功能的恢复需要经历一个漫长的过程，因此目前尚不可预测。值得一提的是，与精神病院建立起良好关系，建立起合作且深入的治疗关系，能使患者获得符合需求的适应能力。尽管如此，由于精神疾病的长期性，以及该患者人格结构中的先天缺陷，当前的恢复状态已是最佳状态。在如今的状况下，还无法彻底痊愈。但该患者已经学会在边缘型人格障碍的影响下尽可能为自己做出明智的选择，如有必要，该患者已经有能力发展一段令人满意的支持性并且是长期的依恋关系。

边缘型人格障碍[①]

这种精神障碍的基本特点是，广泛且长期存在于日常生活中，在自我评价、人际关系、情感等方面有极不稳定的冲动型的心理行为模式。起病于成年早期，有多种不同的表现形式。

显著而持久的自我认知混乱是这种精神障碍的固有症状。这一症状非常普遍，通常表现为对生活中诸多方面的不确定，比如对自我形象、性取向、人生目标和职业选择、择人交友和恋爱标准，以及价值取向等方面难以确定。长期经历这种不稳定的自我认知体验的人，往往觉得生活非常空虚而且枯燥乏味。

他们的人际关系通常处在极不稳定的紧张状态中，对关系中另一方的感觉总是在极度理想化和极度贬低之间交替。他们难以忍受孤独，会为避免遭到真实的或是想象出来的遗弃而疯狂努力。

他们的情绪很不稳定，这一点往往会经由明显的落差巨大的

① 引自 *Diagnostic and Statistical Manual of Mental Disorders*（《精神障碍诊断与统计手册》），3rd edition，revised（1987），pp. 346-347。

情感表现得到证明。比如易激怒，易狂躁焦虑，这样的情感反应一般会持续几个小时，但很少超过几天。另外，他们还经常会有不恰当的、过于激烈的愤怒，频繁地发脾气甚至持续斗殴。他们非常冲动，尤其在可能带来潜在的自我伤害的行为上，比如疯狂购物、滥用抗精神病药物、鲁莽驾驶、滥交、入店行窃，以及暴饮暴食。

他们还会反复陷入自杀性的威胁，并企图付诸行动。其他的自残性行为（比如撕抓手腕）也是这种人格障碍的患者屡屡表现出来的容易导致严重后果的行为模式。这种行为模式通常由极度焦虑引起，经常被患者解释为可以缓解“神经麻木”以及由巨大压力引发的人格解体的痛苦……

相关联的特点。这种人格障碍还时常伴有其他类型人格障碍的特点，比如分裂型人格障碍、表演型人格障碍、自恋型人格障碍及反社会型人格障碍的某些特点。参考许多病例的诊断足以证明这一点。一般来说，以上多种人格障碍的诊断标准中都包含社会适应不良和普遍的悲观态度这一类特点。另外，在对他人的过度依赖和过度自信之间的频繁交替，也是这些人格障碍表现出的比较常见的特点。如果患者处于巨大的压力之下，还有可能引发短暂的精神病性症状，但其严重程度或持续时间并不足以追加为一项额外的诊断。

损害。通常认为，这种人格障碍会对患者的社会生活或职业功能造成相当大的干扰。

并发症。可能的并发症有心境恶劣（抑郁性神经症）、重性抑郁、抗精神病药物滥用，以及像短暂的反应性精神错乱之类的精神障碍。而自杀会导致过早死亡。

性别比例。被诊断为这种人格障碍的患者以女性居多。

患病率。边缘型人格障碍是最常见的人格障碍之一。

发病诱因及家庭模式。尚未明确。

鉴别诊断。该人格障碍与同一性障碍在临床表现上有相似之处。但在实际操作中，如果患者病情符合边缘型人格障碍的诊断标准，就会率先考虑诊断为边缘型人格障碍。这一诊断标准是，患者的紊乱状态有着十分明显的影响到生活方方面面的弥散性特征，以及并不会受限于某一发展阶段的持续性特征……

我的诊断

那么，这就是他们对我的指控。二十五年之后，我才看到这些诊断。此前，他们只告诉我是“性格障碍”。

我找了律师帮忙，才从精神病院拿到了我的病历资料。我读了《病历卡》A1表格的第32a项，看到了《离院访客摘要》的G项“正式诊断”，还看到了《病历卡》第Ⅳ部分的B项。然后我找了一本《精神障碍诊断与统计手册》，查到“边缘型人格障碍”，将那几页的内容复印了下来。我得好好琢磨琢磨，他们到底是怎么看我的。

这些资料正是对我的十八岁的准确描述，如果去掉鲁莽驾驶和暴饮暴食就更贴切了。它很准确，但是并不深刻。当然，它本就不是为了深刻而做出的。它连案例研究都算不上，只不过是一份参考纲要、一个总体概要。

我试图驳倒它，但这样会招来进一步的指控：“防御”或者“阻抗”。

我能做的就是对它进行详细的阐释，为它作注。

“通常表现为对生活中诸多方面的不确定，比如对自我形象、性取向、人生目标和职业选择、择人交友和恋爱标准……”我长久地玩味着最后那个短句，它是如此笨拙（“择人”二字似乎有点多余），显得既粗重又愚钝。我现在依然会陷入那种不确定。这种类型的朋友或恋人是我想要的吗？每次遇到一段新的关系，我都会这样问自己。他很有魅力，但太肤浅；他很善良，但太保守；他长得很帅，但这对他没什么好处；他十分迷人，但不大靠得住，等等。我想我也不大靠得住。他比我还靠不住？那什么样的情况和程度是比我更靠不住？

对某些人来说可能没这么多不确定，某些从来不会被贴上边缘型人格障碍标签的人。

这就是我问题的症结。

假如，他们对我的诊断是双向情感障碍，那么对我，对这整个故事，或许会有一点不同的反应。那只是大脑中的化学物质的问题，我会这样对自己说。躁郁症只要用碳酸锂就能彻底解决。不论怎样，至少我是无可指责的。或者把我诊断成精神分裂症怎么样，这个想法让我的脊背一阵发凉。毕竟，这是实实在在的精神病。患了精神分裂症的人是不可能“痊愈”的。而且这会让你对这个故事充满疑虑：我讲的这些到底有多少是真的，有多少是我幻想出来的。

我已经尽量简略地摘录这些解释，也尽量简略地为之作注。

但诊断书上的那几行字让所有事情都沾上了污点。我曾被关进疯人院的这段历史，让所有事情都沾上了污点。

然而，边缘型人格障碍究竟是什么意思？

它就好像处在神经症和精神病之间的中转车站，是折断了但并未被拆散开来的灵魂。用我曾经的精神科治疗师梅尔文的话说：“它指的是那些被自己的生活方式搞得焦虑、烦躁、想发脾气的人。”

他可以这样说，因为他是医生。如果我这样说了，没有人会相信的。

一个我认识了很多年的精神分析师曾告诉我：“弗洛伊德和分析学派的学者们认为，大多数人都患有歇斯底里症；到了五十年代，大多数人都有的毛病被叫作精神神经症；然而现在，每个人都是边缘型人格障碍。”

当走进街角书店，想要找到那本《手册》查询一下我的诊断结果时，我突然想，或许将来会有一天，再也无法从这本手册中查到这个名字了。他们一直在扬弃一些东西，同性恋，比如说。时至今日，已经有一些病友，发现他们曾经的病症没再和我的一起被记录在案。他们终于逃离了这本书，而我还没有。或许只要再等个二十五年，我也不必被列在《手册》里了。

“在自我评价、人际关系、情感等方面有极不稳定的冲动型的心理行为模式……人生目标和职业选择……难以确定……”这难道不是对青春期的绝佳描述吗？情绪化、浮躁易变、爱赶时髦、不安全不牢靠。总之，让人无法忍受。

“自残性行为（比如撕抓手腕）……”我跳过了中间一大段。当我坐在书店地板上读着这本《手册》对我的诊断的说明时，这句话着实让我吃了一惊。撕抓手腕！我还以为这是我的发明。不过准确一点说，我发明的应该是撞击手腕。

那是我偷偷在别人无法跟踪到的地方做的事。那是只有被关起来的人才会做的一类事情。当时没有人知道我做了什么。我也从未告诉过任何人，直到现在。

我有一张蝶形帆布躺椅。在六十年代的剑桥市，每个人都有一张蝶形帆布躺椅。这张躺椅上翘的靠背的金属边缘是撞击手腕的绝佳位置。我还试过往烟灰缸上砸手，或者在碎瓷片上踩踏，可我不敢踏得太实。而撞击手腕，成效缓慢但稳定，实施时也不用动脑子，显然是更好的方案。这样的自我攻击行为，需要一点一点累积起来才会造成实质上的伤害，所以每一下撞击都是可以承受的。

这项“更好的方案”是要解决什么问题呢？我摘录了《手册》里的这一段话：“这种行为模式……可以缓解‘神经麻木’以及由巨大压力引发的人格解体的痛苦。”

坐在蝶形帆布躺椅上撞击手腕，我总是一撞就好几个小时。我一般在傍晚时段干这件事，就像做作业一样。傍晚时分来临，我得做点作业了。于是我花上半个小时撞击手腕，这样我便算完成了作业。在刷牙睡觉之前，我还会坐回躺椅里再撞一会儿手腕。

我撞击的是静脉聚集的手腕内侧。撞击之后那里的血管会肿胀起来，皮下还会变得青紫。但是不管我撞得多狠、撞得多频繁，那里的伤痕看起来都不会严重。这是我选择这个方案的又一个推荐理由。

更早以前我还抓过脸。只要手指甲没有被剪短，我就无法控制自己不去抓脸。可想而知，抓脸的后果是，第二天我的脸会肿，而且看起来怪怪的。我曾经试过抓完脸后，再在两颊上涂抹一些肥皂液。或许是涂抹了肥皂液的脸颊让我看起来不至于糟糕透顶。但我想我的脸颊大概也足够糟糕，因为总有人问我："你的脸是怎么回事？"所以我最后改成撞击手腕了。

我就像一个以粗糙布衣裹身的隐士。让我产生这种感觉的关键在于，没有人知道我正在遭受的一切。假如有人知道并赞赏，或者反感，那我干这件事的某种重要的理由就会消失。

撞击手腕，这是我尝试着向自己解释自己的处境。我的处境是生活在痛苦之中，却无人知晓。甚至连我也未必能够透彻地洞悉自己承受的痛苦。所以我要告诉自己，一遍又一遍，让自己感受到痛苦。这是我让自己熬过这一切的唯一方法。（缓解"神经麻木"的感觉。）撞击手腕，是我在用自己的肢体，将自己的内在状况无可辩驳地演示出来。

"一般来说……包含社会适应不良和普遍的悲观态度这一类特点。"你觉得他们所说的"社会适应不良"到底是什么意思？我将手肘搁到了桌子上是社会适应不良吗？我拒绝做一个牙科技师就是社会适应不良吗？或者打碎了父母想让我进入一流大学的愿望才是社会适应不良？

他们没有定义什么是“社会适应不良”,我也没法给它下定义。所以我想这一项应该删掉。至于“普遍的悲观态度”，我承认我是这样的，不过弗洛伊德也是这样的。

老实说，在弗洛伊德的定义下，我不幸的人生被轻易地转变成了普通的烦恼,于是我也随之变得心理健康了。在我的《出院表》上，第四十一项的“该患者精神障碍的最终结果”一栏中，被填上了“痊愈”二字。

痊愈。这是不是表示我的人格已经跨越了那个不知道是什么也不知道在哪儿的边缘，进入了正常的范围之内，从而可以重新开始生活？这又是不是意味着我终于结束了跟我的人格争吵不休的痛苦历程，学会了一脚踏在神智健全的国度另一脚踩着精神错乱的领土，跨坐在它们的分界线上？还有一种可能，或许我其实只是有点同一性障碍。“该人格障碍与同一性障碍在临床表现上有相似之处。但在实际操作中……会率先考虑诊断为边缘型人格障碍……患者的紊乱状态有着十分明显的影响到生活方方面面的弥散性特征，以及并不会受限于某一发展阶段的持续性特征……”没准儿我就是那个被错误地率先诊断了的受害者？

我对这项诊断的解读还没有结束。

“长期经历这种不稳定的自我认知体验的人，往往觉得生活非常空虚而且枯燥乏味。”没错，我是长期觉得生活非常空虚而且枯燥乏味，那是因为我过的是一种这也不能干、那也受限制的生活。我所面对的种种无能为力的日常实在不胜枚举，下面姑且分享一二吧。我不会也不想：滑雪，打网球，去上健身课，去学校上英语课和生物课以外的课程，写任何指定主题的论文（我曾写了一首诗作为英语课的论文作业交上去，得了一个“F”），计划并申请某所大学，以及对这一系列的“不想”做出任何令他人信服的解释。

我的自我认知并没有不稳定。我知道自己是什么样的人，非常了解。我知道自己跟现行的教育体制和社会难以相处。

但是我的父母和老师不愿了解和承认我的自我认知。自从现实状况与他们需要和希望的状况发生偏差之后，他们对我的认知就变得不稳定了。他们并不在意我的生活是不是受到了诸多限制，而事实是真的很受限制。我只能读我想读的一切，只能不断写作，只能一个接一个地交一大堆男朋友。

“你为什么不读那些指定阅读的书籍呢？”他们会这样问，“为什么你要写一篇这样的鬼东西，而不好好写你的论文呢？这究竟是什么玩意儿，一个小故事？”“你为什么就不能把交男朋友的精力都花在学习上呢？”

高中时代的我，面对上面那些责问，甚至懒得费心思找借口，更遑论去解释什么了。

“你的期末论文呢？”历史老师问道。

“我没有写。我对那个主题无话可说。”

“你可以换其他的主题。”

“我对所有有关历史的主题都无话可说。”

某位老师说我是个虚无主义者。他这么说本是想辱骂我，但我觉得那是对我的褒奖。

男朋友和写作，要是没有这两样东西，人要怎么活下去？但后来的事实证明，没有这两样东西，我还是活下来了。近年来，我花在写作上的时间多过交男朋友的时间。但我想，人总不可能什么都要。（“普遍的悲观态度”于此得以验证。）

然而当时我并不知道，自己或者其他任何人，在没有男朋友也不能写作的情况下也是可以生活下去的。据我了解，生活必需的那些技能我都不具备。这一切导致的结果就是，我长期觉得生活非常空虚而且枯燥乏味。除了这个结果，还伴随了其他一些比较恶劣的后果，自我嫌恶。这一点在《手册》里被说成了“不恰当的、过于激烈的愤怒，频繁地发脾气……”。

当我觉得自己被生活关在了门外，怎样表达愤怒才算是处于恰当的激烈程度？我的同班同学们都在忙着将梦想编织进自己的未来，他们有的要当律师，有的要做民族植物学家，还有的想成为一名佛教僧人（由此可见我上的是一所多么先锋的高中）。就连那些中规中矩、从不让生活出现偏差的无聊的笨蛋们，也在计划着自己的婚姻和下一代。我知道我的人生中是不会有这些东西的，因为这些根本不是我想要的。可是，难道这样就意味着我应该被剥夺一切吗？

我是我们那所高中建校以来第一个不愿继续上大学的学生。当然，最后我们班至少三分之一的同学没能从大学毕业。因为那是一九六八年，在那个时代，天天都有人退学。

如今，当我说到自己没去上大学时，人们常常对我说："哦，真了不起！"可他们从来不会去想象那在当时是多么令人侧目的惊人之举。他们做不到。我的同班同学，也只是现在才会对我说一句真了不起罢了。在一九六六年，我就是个被人鄙视、被这个社会遗弃的贱民。

你将来准备做什么？一些同学会问我这个问题。

"我要加入美国陆军妇女军团。"我这样告诉某个来问我的人。

"哦，真的吗？那会是个有趣的职业。"

"我开玩笑的。"我说。

"啊，呃，你的意思是你不会加入？"

我一时语塞。他们以为我是什么人？

我想他们肯定并没有多少时间来琢磨我是什么人。我不就是那个穿着一身黑衣——他们就是这么说我的，我听好几个人讲过——跟英语老师上床的人。那时他们也都是十七岁，觉得自己生活在痛苦和不幸中，正如我一样。他们也没有多少时间来琢磨，为什么我比他们大多数人更痛苦。

非常空虚而且枯燥乏味——多么深刻的理解。我所体验到的，是彻头彻尾的荒凉。荒凉，绝望，还有沮丧。

是不是还能用别的方式来看待这一切？毕竟，整天为这些东西焦虑实在是很奢侈。你需要在填饱肚子、穿衣保暖并且至少有一个栖身之所之后，才能有时间来自哀自怜。而关于上大学这件事，我父母想让我上，而我自己不愿意，于是我便没有上大学。我做了我想做的事。但没有上大学的人也需要找份工作糊口。我明白这些道理，我也一遍又一遍地给自己讲这些道理。我甚至真的去找了份工作，却在那个工作岗位上不断打碎饭碗。

我没法平静地完成一份工作，这是一个叫人烦恼的事实。我大概是疯了。已经有长达一两年的时间，我刻意避开这个想法。而现在，它从四面八方将我合围，我已然避无可避。

振作起来！我对自己说。不要放纵自己。你并没有疯，你一点问题都没有。你只是太任性。

心理健康（随便它是什么叫什么）带来的一份巨大的愉悦，就是不必花太多的时间琢磨自己。

还有一些对我的诊断的注解，我需要写下来。

“被诊断为这种人格障碍的患者以女性居多。”

请注意这个句子的结构。他们没有写成：“这种人格障碍多发于女性。”虽然这样仍然可以引起质疑，但他们现在这样写出来，连“被诊断”这种拙劣的武断行径都懒得遮掩一下。

很多所谓人格障碍，在精神病院那帮医生的判定下，往往很轻率地就被写进女患者的诊断里。举个例子，比如“强迫性滥交”。

一个十七岁的男孩要跟多少个女孩上过床，才会被贴上一张“强迫性滥交”的标签？三个？不，肯定不够。六个呢？不大可能。

十个？这个数字听上去像那么回事了。或许应该在十五个到二十个之间，我想，如果他们确实曾给男孩贴过这样一张标签的话，大概就会是这个数目。可是就我所经历的事情来看，他们从不对男性下这种诊断。

那么对于十七岁的女孩呢，你觉得和几个男孩上过床会被他们算作“强迫性滥交”？

《手册》列举的边缘型人格障碍的疯子们钟爱的六项“潜在自我伤害的行为”中，有三项是通常指向女性的（疯狂购物、入店行窃，以及暴饮暴食），只有一项是通常指向男性的（鲁莽驾驶）。还有一项，根据他们近期所说，是没有“具体性别指向”的（抗精神病药物滥用）。至于剩下那一项（滥交）的认定，看了前面两段的陈述之后，我想大家作为旁观者，眼睛应该已经雪亮了。

然后，对于自杀导致的“过早死亡”，我很幸运地免于这种悲剧。但我真的常常会考虑自杀。我想自杀的时候，就会随之想到过早死亡，于是便伤感起来，而后就会感觉好多了。自杀的想法对我来说就像是某种泻药。但对其他人并不一定有这种效果，比如黛西。但黛西的死真的算是“过早”吗？难道她要跟她的愤怒和烤鸡一起，坐在那间可用餐的厨房里，再待上五十年？或许我这么假设是错误的，因为我假定了她无法摆脱那样的生活。她显然也确信自己再无力自拔，或许她也错了。那么如果她坐在那里只待上三十年，在四十九岁而不是十九岁时自杀，是不是这样的死亡也会被算作“过早”？

后来我的状况渐渐好转，而黛西却没有，我解释不了这一点。也许我只是在跟疯癫打情骂俏，就像我跟英语老师和同班同学打情骂俏一样。我并不确定自己当时是否真的疯了，虽然我一直有这样的担忧。有人说，对这个问题有所觉知就是心智健全的一种标志。但我并不确定这种说法是否正确。我依然会想这个问题。我一直都得警惕着这个问题。

我常常问自己，我是不是疯了。我也会就此去问别人。

“我要是这么说话，会显得很疯狂吗？”在我想说些可能会被认为是“疯话”的东西之前，我会这样去问别人。

而且我总爱以这样的句子开头，“也许我就是个彻头彻尾的疯子”或者“恐怕我已经疯了”。

要是我做了什么不太寻常的事，比如一天洗了两次澡，我就会问自己，你疯了吗？

我知道，这是个很常见的问句。但这句话对我有着非常特别的意义。它意味着那些隧道、那些安全网、那些塑料餐叉，还有那闪烁着、不断变幻的仿佛一直在召唤我跨过去的边缘界线。我再也不想跨过去了。

往前走，再过一段时间，你就会来陪我

我的大多数病友最终都从精神病院出来了。直到现在，我和乔治娜还会偶尔联系。

出院后，她在剑桥市北边的一个女性公社住了一段时间。有一天，她来我的公寓找我，却不小心惊吓到了我楼上那位邻居，当时她正在做面包。

“你的做法不对！”乔治娜说。我和她正坐在楼上喝下午茶，而那位邻居正在揉生面团。

“我来给你做示范。”乔治娜说。她把那位邻居轻轻推开，然后抡起生面团往厨房台面上摔打。

邻居是个温和恭谨的女人，从来没有粗鲁的甚至只是不够优雅的举止。因此这里的人和她打交道时也总是彬彬有礼。

“你真的必须这样才能把它打得均匀。”乔治娜一边说一边做。

“哦。”邻居终于开口发出一个音节。她比我和乔治娜要大十岁左右，她按她的方式做面包已经很多年了。

乔治娜将生面团捧打到她认为满意的程度之后，就向我告辞了。

“我还从未被人这样对待过。”邻居事后说，她看起来又惊又怒。

后来，乔治娜加入了一个以提高自我意识为目的的互助小组。她缠着我让我也跟着她加入。“你会喜欢的。”她说。

那个小组里的女人总是会让我觉得自己有很多不足。她们知道如何拆卸汽车引擎，她们还会登山。我是那里唯一已婚的人。我看到乔治娜被盖上某种特定的印戳，因为她曾患有精神疾病。不过不知道为什么，这个印戳并没有加之于我。但是，我越去参加那个小组的活动，就越发陷入对婚姻的严重怀疑中，尤其是对我丈夫的不满日益加剧。我开始为了愚蠢的理由跟他吵架。我其实很难找到可以争吵的理由。他负责做饭和家庭采购，大多数时候家里的卫生也是他在打扫。我只需要将大把大把的时间花在读书和画水彩画上就可以了。

很幸运地，乔治娜也给自己找到了一个丈夫。而且在我挑起一次真正具有毁灭性的争吵之前，她就退出了那个小组。

此后，要想看到乔治娜，我们就得去他们夫妇位于马萨诸塞州西部的农场拜访了。

乔治娜的丈夫看上去十分苍白瘦削，我不太容易记住他的模样。她还养了一只山羊。乔治娜、她的丈夫以及那只山羊一起住在一座谷仓似的空旷大屋里。他们的大屋坐落在小山的山脚下，一片几英亩大的灌木丛林地上。我们去他们农场拜访时正值五月，那天有点冷。他们正忙着为大屋的窗户安装玻璃。那是上六格下六格的双提拉式窗框，因此要装好所有玻璃实在是件烦琐而累人的工作。

他们要先将大小适宜的玻璃在窗框上卡好，再用油灰镶实。我们站在外面看着他们干活。那只山羊站在紧靠门边的小羊圈里，也默默地看着他们干活。终于，乔治娜说该吃午饭了。然后她用高压锅弄了一整锅的红薯，这便是那天的午餐。我们吃红薯的时候，还弄了一些枫糖浆浇在上面。山羊的午餐则是一堆香蕉。

吃完午餐后，乔治娜问："想不想看山羊跳舞？"

山羊的名字叫作达林，通体姜黄色，有着两只长长的毛茸茸的耳朵。

乔治娜拿起一个红薯举在空中。"跳个舞吧，达林小亲亲。"她喊道。

那只山羊蹬踏着后腿跟在红薯后面追赶，乔治娜则托着红薯不断地游走，不让她够到。她每往前跳一下，一双长耳朵就歪歪地晃一晃，她还总是举起前肢在空中抓扒。她的蹄子是黑色的，十分尖利，看上去似乎颇具破坏性。她很快便证明了这一点。当她不小心失蹄——追赶红薯的过程中这一情况发生了好几次——而又正好一脚擦过厨房台面的边缘时，在木头台面上踏出了一个缺口。

"你就给她吧。"我说。这番山羊跳舞的混乱中有某些东西让我想哭。

再后来，他们去了更远的西部，搬到了科罗拉多州，据说那里的土地更肥沃。有一两次，乔治娜用投币式公用电话打给了我。因为他们家里没有装电话。至于那只山羊怎么样了，我便不得而知了。

在乔治娜搬去西部以后，又过了几年，我在哈佛广场上偶然遇见了莉萨。她带着一个三岁的小男孩，男孩的肤色像烤面包一样深黄。

我上前抱住了她。“莉萨，”我说，“再见到你我太高兴了。”

“这是我的孩子。”她说，“我居然生了孩子，是不是有点疯狂？”她说着便大笑起来。“艾伦，跟阿姨说你好。”他没有说，将自己的小脸蛋儿藏到了妈妈的身后。

她看起来还和以前一样：皮包骨头，脸色蜡黄，开朗愉快。

“这些年你都做了些什么？”我问。

“孩子。”她说，“只能做这么一件事。”

“孩子的爸爸呢？”

“跟他拜拜了。我甩了他。”她摸了摸那男孩的头，“我们不需要他，对吧？”

“你们住在哪儿？”我迫切地想知道关于她的一切。

“你会觉得不可思议。”莉萨抽出一根清凉牌香烟，点上。“我住在布鲁克莱恩。我成了布鲁克莱恩的郊区家庭主妇。我生了孩子，送孩子上了托儿所。我有了一间公寓，还搞到了一些家具。每周五我们会去寺庙。”

“寺庙！”这让我太震惊了，“为什么？”

“我想要……”莉萨支吾着。在那天以前，我从未见过她说话会这样结结巴巴。“我想要有个真正的家，有家具，该有的都有。我想让他有个真实而正常的生活。寺庙可以帮助我，我不知道为什么，但真的很有帮助。”

我盯着莉萨，试着想象她带着深色皮肤的儿子站在寺庙里的情景。我发现她戴着一些首饰，手上有一枚缀有两颗蓝宝石的戒指，颈上还戴着一根金项链。

“这些首饰是哪儿来的？”我问。

“这是外婆的礼物，对吧？”她看着她的儿子说道，“当你有了孩子，一切都会变个样儿。”她告诉我。

我不知道该就此说点什么。我已经决定了不要孩子。我的婚姻看起来也不会太长久。

我们就站在哈佛广场的中央，地铁进出口的前面。忽然，莉萨斜着身子凑近我，问道：“想不想看点奇妙的东西？”她的语气里，有种熟悉的、让人怀念的因恶作剧而激动的颤音。我点了点头。

她拉起了自己的上衣，那是一件印着布鲁克莱恩某家百吉面包店广告的T恤，从腹部抓起一把肚腩肉。然后她开始往外拉。她腹部的皮肤看起来有点像手风琴的琴褶，琴褶随着她的手势延展，直到她把肚子拉成了一片肉翼，离自己的身体足有一英尺

（三十厘米）那么远。她一放手，它们便又缩回去了。刚缩回去的时候还有点皱，不过马上就贴回了骨头上，跟正常的肚子没什么两样。

“哇！”我惊叹道。

“生孩子，”莉萨说，“就是这样。”她开怀大笑，“说再见吧，艾伦。”

“再见。”他这回说了出来，倒把我吓了一跳。

他们要坐地铁回布鲁克莱恩。走到地铁阶梯口的时候，莉萨转过身来看着我。

“你会回想我们过去待在那儿的日子吗，就是那地方？”她问道。

“会的。”我答道，“我很想念那段时光。”

“我也是。”她摇了摇头。“嗯，好吧。”她用轻快的口吻说道。随后，他们俩便走下阶梯去了地下。

一个女孩人生中的断档时光

那幅画只是弗里克收藏艺术博物馆中所藏三幅维米尔的画作之一。但我第一次去的时候，竟然根本没有注意到还有另外两幅画。那年我十七岁，跟着英语老师来到纽约。那时他还没有吻我。但我已经想到了他可能会做这件事，我能感觉到那个吻在渐渐靠近，就像我会感觉到弗拉戈纳尔的画作就在后面。我径自走上通往中庭的走廊。在昏暗的廊道里，维米尔的画就挂在廊壁上，泛着微芒。

除了想到他会吻我，我还想了在连续两年生物考试不及格之后我还能不能顺利毕业的问题。生物考试不及格让我多少有点惊讶，因为我很喜欢这门课。我第一次不及格的时候就挺喜欢这门课的。我最喜欢基因衰退图表。我喜欢假设某个家族有人是蓝色眼睛也有人是棕色眼睛，但除此之外别无其他特点，然后计算出这个家族拥有蓝色眼睛的人的序列。我的家族有很多特点：成就卓著、雄心勃勃、天资聪颖、前程远大。只可惜所有这些特点似乎都在我身上衰退了。

走廊里的第一幅维米尔的作品，画的是一位身穿黄色长袍的贵族女子，旁边站着来给她送信的女仆。我当时没有看见这幅画，直接走过去了。廊壁上挂的第二幅维米尔的作品，画的是一个戴着华丽帽子的士兵，身旁有个姑娘正看着他微笑。这幅画也没有引起我的注意，我就这么与它擦肩而过。那时我满脑子想的都是温热的嘴唇、棕色眼睛和蓝色眼睛。于是，她的一双棕色眼睛让我停下了脚步。

那是第三幅维米尔的画，画中女孩的目光穿透画面、越过画框，投射了出来，她的注意力完全没有放在身边壮实的音乐教师身上，音乐教师的一只大手轻轻搭在她的椅子靠背上。画面上的光线很柔和，让人觉得那是冬日的阳光，而女孩的脸庞十分明亮。

我看进她那双棕色的眼睛里，然而她的目光让我退却了。她好像在警告我什么，她从她本该专注的乐谱上抬起头来，就是为了给我警告。她的双唇微张，似乎需要深吸一口气，对我说："不要！"

我往后退了几步，想退出她迫切神色的效力范围。但她的迫切充满了整条走廊。"等等，"她在说，"等等！别走！"

我没有按照她说的停下来。我逃出了博物馆，和英语老师一起吃了晚餐。然后他就吻了我。后来我回到了剑桥市，我的生物考试没有及格，但我还是毕业了，还有，最后，我疯了。

十六年后，我和我富有的新男朋友又一次来到了纽约。我们常常一起旅行，去了许多地方，虽然花钱会让他觉得难受，但都是他来付钱。在我们的旅途中，他总是攻击我的性格，一度被诊断为人格障碍的性格。我有时过于情绪化，有时又过于冷漠和挑剔。不管他怎么说，我都能在他难受的时候安抚好他，告诉他说花点钱不是什么大不了的事。每到这时，他就不再攻击我了。由此可见，我们的相处模式：待在一起，再时不时来一场从花钱到攻击的无限循环之旅。

那是纽约十月里的一个美丽的日子，他已经攻击过我，我也安慰好了他，现在我们可以出门走走了。

“我们去弗里克博物馆吧。”他说。

“我从没去过。”我说，然后想起来我也许去过。但我什么也没说，我已经学会了不与我的疑惑做任何讨论。

我们到达博物馆之后，我便认出了它。“哦，”我说，“这里有一幅我喜欢的画。”

“只有一幅？”他说，“看看这些弗拉戈纳尔的作品。”

我才不喜欢那些画。我看都没看一眼弗拉戈纳尔的画作，就径自走上了通往中庭的走廊。

经过了十六年的时光，她变了很多。她变得一点也不迫切了。事实上，她看上去很悲伤。她那么年轻，却心烦意乱。她的音乐老师压迫式地俯身拘着她，想要把她的注意力拽回来。但她抬头望向外面，望着外面正看着她的人。

这一次，我留意到了这幅画的名字：一个女孩被打断的音乐课。

被打断的音乐课——就像我过去的人生，在十七岁的课堂上被打断了，就像她的人生——被凝固在了这个瞬间，而且将会在此后千千万万个瞬间里永远这样断着，不管过去如何也无论将来会怎样。怎样才能救赎这样的人生呢?

如今，我终于有话可以对她说了，“我理解你。”我说。

男朋友发现我站在那段走廊里，痛哭。

“你怎么了？”他问。

“你看不出来吗，她想要摆脱这种命运。”我指着她说。

他看了看那幅画，又看了看我，然后说：“你想的全都是你自己。你根本不懂什么是艺术。”说完他便走开,去看伦勃朗的画了。

之后我又去过一次弗里克收藏艺术博物馆，除了去看她，我还看了另外两幅维米尔的画。毕竟，维米尔的画是不容错过的。曾经收藏在波士顿博物馆的那幅维米尔作品已被盗了。

另外两幅也是独立的自成格局的画作，画中的人物都彼此看着对方，那位贵族女子和她的女仆，那个士兵和他爱的姑娘。观看这两幅画的感觉，就像是透过一个墙洞偷看他们的愉悦瞬间一样。那面墙是由光线构成的，那种美得有点不真实，却让人愿意完全相信的维米尔的光线。

这样的光线是不存在的，但我们真心希望它存在。我们希望阳光能让我们变得年轻而美丽，希望衣衫能随着我们的体态微微反光闪烁并轻轻褶起波痕；最重要的是，我们希望我们认识的每一个人，都会只是因为我注视着他而感到欣喜快乐，就像那个拿着信的女仆和那个戴着帽子的士兵一样。

那位上音乐课的女孩坐在另一种光线之中，那是一种支离破碎、愁云惨雾的生活的光线。我们在那样的光线中看到自己，看到他人，看到生而为人是如此难掩瑕疵，孤立无援。

36. 补充诊断，其他情况

A 诊断　B 日期　A 诊断　B 日期

37. 住院期间本机构采取的治疗措施

A 治疗措施　B 日期　A 治疗措施　B 日期

38. 住院期间的特殊诊断及治疗程序

A 程序　B 日期　A 程序　B 日期

IPS 治疗 5 次 / 周

GPS 治疗 1 次 / 周

用药：氯丙嗪

39. 保留意见

40. 出院诊断，精神障碍

边缘型人格

41. 该患者精神障碍的最终结果

痊愈

42. 本次住院期间各项数据

A 受访	B 家庭护理周期	C 假释	D 未经批准的缺席	E 逃离
1	0	0	0	0

43. 本次住院期间相关累计天数

A 登记在册天数	B 住宿天数	C 经批准后离院天数	D 务工天数
617	496	121	0

44. 出院意向

自愿

45. 出院形态

活态

46. A 最近一次登记类别　B 起始日期

门诊　1968 年 9 月 4 日

47. 出院目的地

公寓住所

48. 出院日期

1969 年 1 月 3 日

49. 本栏仅适用于已死亡患者，请从死亡证明上摘要

A 死亡直接原因

前情原因

(1)

(2)

B 重大相关病情

50. 是否属法医案例

是□　否□

51. 是否解剖尸体

是□　否□

52. 埋葬地点

致谢

感谢吉尔 · 克尔 · 康韦、玛克辛 · 库敏和苏珊 · 韦尔，你们很早就给了我很多的鼓励；谢谢杰拉尔德 · 柏林在法律上给我的帮助；谢谢朱莉 · 格劳的热情支持，以及你对我和这本书的爱护。

我要向罗宾·贝克尔、罗宾·德瑟、迈克尔·唐宁、莱达·库什、乔纳森 · 马特森致以最隆重的感谢，谢谢你们的洞见、幽默以及无比忠诚的友谊。

图书在版编目（CIP）数据

冰箱里的灯 /〔美〕凯森著；黄渭然译 .－海口：南海出版公司，2016.6
ISBN 978-7-5442-5954-5

Ⅰ．①冰… Ⅱ．①凯…②黄… Ⅲ．①纪实文学－美国－现代 Ⅳ．①I712.55

中国版本图书馆 CIP 数据核字（2015）第 282180 号

著作权合同登记号 图字：30-2015-108

冰箱里的灯
〔美〕苏珊娜·凯森 著
黄渭然 译

出　　版　南海出版公司　(0898)66568511
　　　　　海口市海秀中路 51 号星华大厦五楼　　邮编 570206
发　　行　新经典发行有限公司
　　　　　电话 (010)68423599　　邮箱 editor@readinglife.com
经　　销　新华书店

责任编辑　马秀琴
特邀编辑　赵雅平　强　梓
装帧设计　朱　琳
内文制作　田晓波

印　　刷　三河市三佳印刷装订有限公司
开　　本　850 毫米 ×1168 毫米　1/32
印　　张　6.5
字　　数　125 千
版　　次　2016 年 6 月第 1 版
印　　次　2016 年 6 月第 1 次印刷
书　　号　ISBN 978-7-5442-5954-5
定　　价　32.00 元